SIETE SECRETOS

Los Siete Secretos
sobre la pista

¿Ya tienes todos los libros de los Siete Secretos,
de Enid Blyton?

Enid Blyton

SIETE SECRETOS

Los Siete Secretos
sobre la pista

ILUSTRADO POR Tony Ross

editorial juventud
Barcelona

Título original: SECRET SEVEN ON THE TRAIL
Autora: Enid Blyton, 1952

© Hodder & Stoughton Ltd, 2013
© de las ilustraciones: Tony Ross

La firma de Enid Blyton es una marca registrada de Hodder & Stoughton Ltd.
Todos los derechos reservados

© de la traducción española:
EDITORIAL JUVENTUD, S. A., 1966
Provença, 101 - 08029 Barcelona
info@editorialjuventud
www.editorialjuventud.es
Traducción de Ana Balzola
Texto revisado y actualizado en 2015
Primera edición en este formato, 2015
ISBN 978-84-261-4259-7
DL B 15212-2015
Núm. de edición de E. J.: 13.105
Printed in Spain
Grafilur, S. A., Avda. Cervantes, 51 - 48970 Basauri (Vizcaya)

ÍNDICE

CAPÍTULO UNO

LOS SIETE SECRETOS SE REÚNEN

—MAMI, ¿TIENES algo para beber? —preguntó Janet—. ¿Y alguna cosilla para comer?

—Pero ¡si acabáis de desayunar! —dijo la madre, sorprendida—. Y os comisteis dos salchichas cada uno. ¡No es posible que volváis a tener apetito!

—Es que esta mañana tenemos la última reunión de los Siete Secretos —dijo Janet—. Nos reuniremos abajo, en el cobertizo. Estamos pensando que no vale la pena reunirse cuando volvamos al colegio. ¡Entonces nunca pasa nada emocionante!

—Nos volveremos a reunir en las vacaciones de Navidad —dijo Peter—. ¿Verdad que sí, *Scamper*, amigo?

El dorado *spaniel* meneó el rabo briosamente y emitió un pequeño ladrido.

Dice que espera poder venir también, a la última reunión –dijo Janet–. ¡Claro que puedes, *Scamper*!

–No ha dicho eso –dijo Peter sonriendo y haciendo muecas–. Ha dicho que si en esta reunión va a haber algo de comer, le encantaría tomar parte en ella.

–¡Guau! –aprobó *Scamper*, poniendo una pata sobre la rodilla de Peter.

–Os daré algunos limones y azúcar para que podáis hacer limonada –dijo la madre–. Os gusta eso, ¿eh? Y podéis ir a ver si quedan algunos bollos de pasas en la lata de la despensa. ¡Estarán duros, pero ya sé que eso no os importa!

–¡Oh, gracias, mamá! –dijo Janet–. ¡Vamos, Peter! Cojamos las cosas ahora, que los demás vendrán en seguida.

Se fueron corriendo a la despensa. *Scamper* les seguía, jadeante. ¡¡Bollos de pasas!! Duros o no, a *Scamper* le gustaban tanto como a los niños.

Janet cogió algunos limones, y fue a pedir el azúcar a su madre. Peter vació la lata de los bollos en un plato y los dos hermanos, seguidos de *Scamper*, se fueron al cobertizo. Janet llevaba el exprimidor y una jarra grande con agua. ¡Era divertido hacer limonada!

De un empujón, abrieron la puerta del cobertizo. Sobre ella se veían las letras C. S. S. pintadas en verde. C. S. S. significaba Club de los Siete Secretos.

–Nuestro club secreto tiene ya bastante tiempo –dijo Janet empezando a exprimir un limón–. Yo no me he cansado ni pizca de él. ¿Y tú, Peter?

–¡Qué va! –exclamó Peter–. ¡Piensa en las aventuras que hemos corrido, y en las cosas emocionantes que hemos hecho! Pero creo que es mejor dejar las reuniones de los Siete Secretos hasta las vacaciones. En estos tres meses oscurece muy pronto, y tendremos que estar en casa temprano.

–Sí, y además en esta época no pasa nada especial –dijo Janet–. ¡Pero, *Scamper*, no te gustará la cáscara de limón! ¡Tírala!

Scamper la tiró. ¡Claro que no le gustaba! Se sentó con la lengua colgando, muerto de asco. Peter miró el reloj.

—Es ya casi la hora de que vengan —dijo—. Espero que estén de acuerdo en que esta sea la última reunión hasta Navidad. Lo mejor será que todos nos entreguen las insignias para guardarlas en sitio seguro. Si no, seguro que alguien la pierde.

—O la hermana de Jack, esa pesada, cogerá la de su hermano y se la pondrá —dijo Janet—. ¿Cómo se llama? ¡Ah, sí! Susie. ¿No estás contento de que yo no te dé la lata como Susie a Jack?

—A veces también eres bastante pelma —dijo Peter, y en el acto recibió de la enfadada Janet un chorro de jugo de limón en un ojo—. ¡Aaaayyyy! ¡Basta, basta! ¿No sabes que el limón escuece como un demonio? ¡Basta, Janet!

Janet no le echó más zumo.

—¡Mejor será que no malgaste el limón! —dijo—. ¡Ah, alguien viene!

Scamper ladró al oír que alguien llegaba por el sendero, y arañó la puerta.

–¡Contraseña! –gritó Peter, que nunca abría hasta que no le daban la contraseña.

–«¡Cebollas en vinagre!», dijo una voz, y se oyó una risa ahogada. Esta era la última contraseña de los Siete Secretos. La sugirió Colin, cuya madre había preparado cebollas encurtidas en vinagre el día en que tuvieron la última reunión. Era una contraseña tan tonta, que todos se rieron. Peter dijo que la usarían hasta encontrar algo mejor.

–¿Has traído la insignia? –dijo Peter abriendo la puerta.

Fuera estaba Bárbara, que enseñó su insignia con orgullo.

–Es nueva. La otra estaba tan sucia, que me he hecho esta.

–Muy bien –dijo Peter–. Entra. Mira, aquí vienen tres más.

Cerró la puerta otra vez, y Bárbara se sentó en una

caja, junto a Janet, mirando como esta removía la limonada.

–¡La contraseña! –gritaron a la vez Peter, Janet y Bárbara.

¡Pam, Pam! *Scamper* ladró de nuevo al oír llamar a la puerta.

–«¡Cebollas en vinagre!» –aullaron los de fuera.

Peter abrió la puerta y les riñó.

–¡Cuántas veces os tengo dicho que no chilléis al dar la contraseña! Todo el que esté cerca de aquí lo habrá oído.

–También vosotros pedisteis la contraseña a gritos –dijo Jack–. Pero, si queréis, podemos cambiar –miró maliciosamente a Jorge, que había entrado con él, y añadió–: Jorge creyó que era «Pepinillos en vinagre», y tuvimos que decirle que estaba equivocado.

–Por todos los... –empezó Peter, pero justamente en este momento volvieron a llamar a la puerta y *Scamper* gruñó.

—¡Contraseña! —dijo Peter.

—«Cebollas en vinagre» —contestó la voz de su madre, entre risas—. ¡Vaya una contraseña! Os traigo algunos caramelos de menta hechos en casa, para ayudaros a celebrar la última reunión.

—¡Gracias, mami! —dijo Janet, y abrió la puerta.

Cogió los caramelos y se los dio a Peter. Cuando ella se fue Peter miró a todos con el ceño fruncido.

—¿Lo estáis viendo? —dijo—. Fue mi madre quien oyó la contraseña, pero podía haber sido otra persona. ¿Quién falta aún?

—Aquí estamos tú y yo, Jorge, Jack, Bárbara y Pamela —dijo Janet—. Falta Colin... ¡Pero ya llega!

¡Pam, pam! *Scamper* lanzó un pequeño ladrido de bienvenida. Conocía a cada uno de los Siete Secretos perfectamente. Colin dio la contraseña y se le permitió la entrada. El club estaba completo.

—Bien —dijo Peter—. Siéntate, Colin. Entraremos en materia en cuanto Janet sirva la limonada. ¡No te duermas, Janet!

CAPÍTULO DOS

¡NO MÁS REUNIONES HASTA NAVIDAD!

Janet sirvió los vasos de limonada y Peter fue pasando el plato con los bollos.

—Un poco duros —dijo—, pero buenos. Además, tienen pasas. Dos para cada uno y solo uno para *Scamper*. Lo siento, *Scamper*; pero, al fin y al cabo, no eres un verdadero miembro del club secreto. Si lo fueras, te daríamos dos.

—No podríamos darle dos —dijo Jack—. Solo hay quince bollos. Sin embargo, yo siempre considero a *Scamper* como un verdadero miembro del club.

—Mal hecho. Somos los Siete Secretos, y con *Scamper* seríamos ocho —dijo Peter—. Pero siempre le dejamos venir con nosotros. Bueno, ahora escuchad. Esta va a ser nuestra última reunión y...

Se oyeron gritos de sorpresa.

–¡La última reunión! ¿Por qué? ¿Qué ha pasado?

–¡La última! No se te ocurrirá deshacer el club, ¿eh?

–¡Oh, Peter! No pretenderás...

–Por favor, dejadme hablar... –dijo Peter–. Va a ser la última reunión hasta las vacaciones de Navidad. Mañana los chicos volvemos al colegio, y las chicas pasado mañana. Nunca pasa nada durante el curso..., y además estaremos demasiado ocupados para buscar aventuras. Por lo tanto...

–Pero podría pasar algo –dijo Colin–. Cuando menos se espera... Creo que es una tontería interrumpir las reuniones de los Siete Secretos durante el curso, una verdadera tontería.

–Lo mismo digo –dijo Pamela–. Me encanta formar parte de él y llevar la insignia y recordar la contraseña...

–Bueno; podéis seguir llevando la insignia si queréis –dijo Peter –, aunque yo había pensado recogerlas hoy para guardarlas hasta que nos volviéramos a reunir en Navidad.

–Yo no pienso darte la mía –dijo Jack con firmeza–. Y no temas que mi hermana Susie me la coja, porque tengo un escondite estupendo para guardarla.

–Imagínate que pasa algo durante el curso. Suponte que uno de nosotros descubre algo extraordinario, algo que se deba investigar. ¿Qué podríamos hacer estando los Siete Secretos desperdigados?

–Nunca pasa nada durante el curso –repitió Peter, pues le gustaba salirse con la suya–. Además, voy a tener que estudiar como un burro durante estos tres meses. Mi padre no está muy satisfecho de mis últimas notas.

–Eso es fácil de solucionar. Tú te dedicas a estudiar y quedas fuera del club hasta las Navidades –dijo Jack–. Yo dirigiré el grupo con ayuda de Janet. Será el Seis Secretos hasta tu vuelta. Las letras C. S. S. seguirán sirviendo.

Aquello no hizo ni pizca de gracia a Peter. Frunció el ceño.

–No –dijo–. Yo soy el jefe. Pero veo que no estáis de acuerdo conmigo. Está bien. No haremos reuniones regulares, pero nos reuniremos si pasa algo. Y ya veréis como tengo razón al deciros que no pasará nada.

–Entonces, nos quedamos con nuestras insignias, ¿no? Y tendremos una contraseña –dijo Colin–. Y el club seguirá funcionando aunque no ocurra nada de particular, ¿no es cierto? Y en el caso de que sucediera algo, habría reunión inmediatamente, ¿verdad?

–Sí –dijeron todos, mirando a Peter.

Todos estaban encantados de pertenecer a los Siete Secretos. Les hacía sentirse importantes, aunque, como había dicho Colin, no hubiera nada que investigar.

–Entonces, de acuerdo –dijo Peter–. Y ¿qué os parece si buscáramos una nueva contraseña?

Todos se pusieron a pensar muy en serio. Jack miró a *Scamper*, que parecía estar pensando también.

–¿Qué me decís del nombre de *Scamper*? –dijo–. «Scamper» sería una buena contraseña.

–¡No, hombre, no! –dijo Janet–. Cada vez que dijéramos la contraseña, *Scamper* creería que le llamábamos.

–Puede ser «Boby», que es como se llama mi perro –dijo Pamela.

–No, mejor «Chulo». Así se llama el perro de mi tía. ¡Es una buena contraseña!

–«¡Chulo!» ¡Magnífico! –exclamó Peter–. Nadie podrá suponer que es una contraseña. ¡¡Estupendo!! ¡Admitido «Chulo»!

Se repartieron bollos por segunda vez. *Scamper* los contempló tristemente. Él ya se había comido el que le correspondía. Pamela se compadeció de él y le dio la mitad del suyo. Bárbara hizo lo mismo.

Entonces, *Scamper* miró con ojos tristes a Jack, que no tardó en darle también un buen pedazo de su bollo.

–¡Bien! –dijo Peter–. *Scamper* ha comido más que

un verdadero miembro de los Siete Secretos. Estará pensando que pronto podrá dirigir el club.

—¡Guau! —ladró *Scamper*, golpeando el suelo con la cola y mirando el bollo de Peter.

La limonada se había acabado. *Scamper* había lamido hasta la última miga de bollo. Salió el sol e iluminó la ventana del cobertizo.

—¡Ahora salgamos a jugar! —dijo Peter, levantándose—. ¡Mañana hay que ir al colegio! Verdaderamente, estas vacaciones han sido estupendas. Bueno, Siete Secretos, ya conocéis la contraseña, ¿no? Probablemente, no tendréis que usarla hasta las vacaciones de Navidad. Así es que procurad no olvidarla.

CAPÍTULO TRES

LOS CÉLEBRES CINCO

AL DÍA siguiente empezaron las clases de los chicos y allá se fueron en tropel con sus carteras. Un día después empezaron las de las chicas. Todos los Siete Secretos llevaban sus insignias con las letras C. S. S. Era divertido observar a los otros niños que les miraban con envidia, deseando tener insignias como aquellas.

–No –dijo Janet cuando las otras chicas le preguntaron si podrían formar parte del club–. Es un club secreto. Ni siquiera puedo hablar de él.

–Pues no sé por qué no lo hacéis un poco mayor. Así, podríamos entrar nosotras –le contestaban sus compañeras.

–En nuestro club no puede haber más de siete

–dijo Janet–. Y ya lo somos. Formad vosotras vuestros clubs secretos y dejadnos en paz.

Fue una mala ocurrencia decir esto. Kati y la pelma de Susie, la hermana de Jack, se fueron inmediatamente a formar su club. ¡Una verdadera calamidad!

Cogieron a Harry, a Jeff y a Sam, que con ellos eran cinco. Y, ante el asombro y la contrariedad de los Siete Secretos, hicieron su aparición en el colegio luciendo sus propias insignias.

Naturalmente, no llevaban las iniciales C. S. S., sino C. C. Los escolares las rodearon, preguntándoles qué significaban aquellas letras.

–Célebres Cinco. Es una idea muchísimo mejor que la de los Siete Secretos.

–Vuestro club no puede compararse con el nuestro –dijo Susie, con lo que sacó de quicio al sufrido Jack–. Nuestras insignias son mayores, tenemos una contraseña estupenda, que no pienso decirte, y, además, una seña secreta. ¡A que vosotros no tenéis esto!

–¿Cuál es vuestra seña secreta? No os la he visto hacer –dijo Jack, enfurruñado.

–Claro que no la has visto. Ya te he dicho que es una cosa secreta –dijo Susie–. Y nos reuniremos todos los sábados por la mañana. Es más: ya tenemos nuestra aventura.

–No creo una palabra de lo que dices –dijo Jack–. Además, eres una copiona. Tener un club fue idea nuestra.

–¡Ah! Haberme admitido en tu estúpido club de los siete –dijo Susie para hacerle rabiar–. Ahora pertenezco a los Célebres Cinco y te repito que ya tenemos una aventura.

Jack no sabía si creerla o no. Consideraba a Susie como una hermana más pesada que el plomo. Hubiera deseado tener una hermana como Janet. Se fue, apesadumbrado, en busca de Peter y le contó todo lo que había dicho Susie.

–No le hagas caso –dijo Peter–. ¡Los Célebres Cinco! No tardarán en cansarse de jugar a las reuniones.

Los Célebres Cinco molestaron mucho a los Siete Secretos durante aquel curso. Todos los días aparecían luciendo sus grandes insignias.

Todas las mañanas, en el recreo, Kati y Susie se retiraban a un rincón y allí cuchicheaban vivamente como si en verdad estuviera pasando algo.

Harry, Jeff y Sam hacían lo mismo en su colegio, lo que molestaba mucho a Peter, Colin, Jack y Jorge. Se reunían en el invernadero del jardín de Jack, y Susie ordenó a Jack que permaneciese fuera del jardín durante las reuniones.

–¡Como que voy a marcharme de mi propio jardín! –dijo Jack, indignado, a Peter–. Pero, Peter, me parece que tienen algo entre manos. Creo que algo pasa. ¿No sería espantoso que ellos tuvieran una aventura y nosotros no? Lo que iba a fanfarronear Susie.

Peter se quedó pensando.

–Depende de ti descubrirlo –dijo finalmente–. Ellos nos han robado la idea y lo han hecho para fastidiarnos. Procura descubrir lo que pasa, Jack. Pronto pondremos fin a este asunto.

Así, pues, Jack, cuando supo que Susie planeaba una nueva reunión para aquel sábado por la mañana, fue a esconderse entre las ramas de un arbusto en la parte trasera del invernadero.

Pero, desgraciadamente, Susie estaba mirando en aquel momento por la ventana de su dormitorio, y le vio ocultarse entre el ramaje del laurel.

De momento, se puso furiosa, pero al cabo de un momento sonrió.

Bajó las escaleras a toda velocidad para recibir a los otros cuatro en la puerta principal, en lugar de esperarles en el invernadero.

Llegaron todos juntos y Susie empezó a cuchichear, excitada.

—Jack nos espía. Se ha escondido en el arbusto de laurel que hay detrás del invernadero para escuchar lo que decimos.

—¡Voy a sacarle de allí! —dijo Harry.

–¡No, no vayas! –dijo Susie–. Tengo una idea mejor. Vamos al invernadero. Decid la contraseña bajito para que no la pueda oír, y hablaremos como si realmente hubiéramos encontrado una aventura.

–¿Y para qué? –dijo Kati.

–¡Tú eres tonta! Jack lo creerá todo, y si nombramos sitios como por ejemplo esa casa vieja que está en la colina, el granero de Tigger, se lo contará a los Siete Secretos, y...

–¡Y ellos irán a investigar allí y se encontrarán con que no hay nada! –dijo Kati con una risita nerviosa–. ¡Qué divertido!

–Sí. Y podemos también dar nombres para que parezca más creíble. Hablaremos de Dick el Malo y de Tom el Tuerto, y haremos creer a Jack que estamos en plena aventura –dijo Susie.

–Y podremos ir al granero de Tigger y esperar a que lleguen los Siete Secretos y reírnos en sus narices –dijo Jeff con una sonrisa que le alargó la boca de oreja a oreja–. ¡Hala! Vamos ahora al invernadero, Susie. Jack se estará preguntando por qué nos retrasamos.

—¡Que nadie se ría! —les advirtió Susie—. Seguidme la corriente en todo lo que yo diga. Y debéis estar tan serios como podáis. Yo iré primero y vosotros iréis llegando uno a uno. No os olvidéis de decir la contraseña en voz baja para que Jack no la oiga.

Susie atravesó el jardín a toda velocidad y entró en el invernadero. Echó una mirada de reojo al laurel donde el pobre Jack se había escondido tan incómodamente, y sonrió, divertidísima. Iba a vengarse bien de Jack por no admitirla en su club secreto.

Uno a uno, llegaron los demás al invernadero. Dijeron la contraseña en un susurro, lo que fastidió a Jack. ¡Cómo le habría gustado poder repetírsela a los Siete Secretos! Pero no oyó nada.

En cambio, pudo oír muchísimo cuando empezó la reunión. Lo habría oído, aun sin quererlo, pues los Célebres Cinco hablaban a grito pelado. Jack no cayó en la cuenta de que lo hacían a propósito, para que él pudiera oír todo lo que decían.

La conversación de los Célebres Cinco le llenó de asombro. ¡Caramba! ¡Parecía que estaban enredados en la más emocionante de las aventuras!

CAPÍTULO CUATRO

SUSIE INVENTA UNA HISTORIA

SUSIE LLEVABA la voz cantante. Hablaba con soltura y estaba empeñada en interesar a Jack tanto como fuera posible.

–He descubierto dónde se reúnen esos malhechores –dijo–. Por favor, escuchad, que las noticias son de gran importancia. Por fin he encontrado la pista.

Jack no podía creer lo que estaba oyendo. Escuchó atentamente.

–Cuéntanos, Susie –dijo Harry fingiendo gran interés.

–Se reúnen en el granero de Tigger –dijo Susie, divirtiéndose de lo lindo–, esa casa abandonada que hay en lo alto de la colina. Un lugar desierto y apartado, apropiado para las reuniones de los maleantes.

–¡Ah, sí! Ya sé dónde es –dijo Jeff.

–Bien; pues ya sabéis adónde van Dick el Malo y Tom el Tuerto –dijo Susie.

Se oyeron «oooohs» y «aaaahs» de los oyentes, y Jack estuvo también a punto de soltar un «Oh». ¡Dick el Malo y Tom el Tuerto, nada menos! ¿En qué gran aventura se habían enredado los Célebres Cinco?

–Están tramando algo que tenemos que averiguar –dijo Susie, levantando la voz para asegurarse de que Jack la oiría–. Hay que empezar el trabajo. Tendremos que ir uno o dos de nosotros al granero de Tigger a cierta hora, y escondernos allí.

–Yo iré contigo, Susie –dijo Jeff inmediatamente.

Jack quedó muy sorprendido al oír esto. Jeff era un chico muy tímido y nunca le habría creído capaz de ir a esconderse en un sitio tan solitario como el granero de Tigger. Escuchó con gran atención.

–Muy bien. Iremos tú y yo –dijo Susie–. Será peligroso, pero ¿qué importa? ¡Somos los Célebres Cinco!

–¡Bravo! –dijeron Kati y Sam.

–¿Cuándo iremos? –preguntó Jeff.

–Pues... –contestó Susie –, creo que estarán allí el martes por la noche. ¿Podrás venir ese día, Jeff?

–Desde luego –dijo Jeff, que jamás se habría atrevido a ir al granero de Tigger si la historia de Susie hubiera sido cierta.

Jack, escondido en el arbusto, notaba que su sorpresa iba en aumento. Sentía, además, un gran respeto por los Célebres Cinco. ¡Caramba! Eran tan buenos como los Siete Secretos. Estaba asombrado de que se hubieran metido en una aventura como aquella. ¡Qué estupenda idea había sido esconderse! Así había podido escucharlo todo.

Estaba ansioso de ir en busca de Peter para contarle todo lo que había oído. Se preguntaba cómo se las habría arreglado su hermana Susie para enterarse de este asunto. ¡Maldita Susie! Era muy propio de ella formar un club secreto y luego encontrar una aventura.

–¿Y si Dick el Malo te descubre? –dijo Kati.

–Le dejaré tendido de un puñetazo –dijo Jeff valientemente.

Esto era demasiado. Ni siquiera los Célebres Cinco podían imaginarse a Jeff enfrentándose con alguien. Kati soltó una risita.

Entonces Sam, al querer contener la carcajada, lanzó uno de sus extraordinarios resoplidos. Susie frunció el ceño. Si empezaban las risitas y los resoplidos, Jack se daría cuenta de que aquello no iba en serio. Así no irían bien las cosas.

Miró a sus compañeros con el ceño fruncido.

–¡Shhh! –susurró–. Si empezamos con risitas, Jack no creerá una palabra de lo que decimos.

–Es que no pue... puedo evitarlo –dijo Kati, que cuando empezaba a reír, no había forma de que parara–. ¡Oh, Sam! ¡Por favor, no vuelvas a resoplar!

–¡Shhh! –dijo Susie, furiosa–. Lo vais a echar todo a perder. –Luego volvió a levantar la voz para que Jack la oyera–. Bueno, Célebres Cinco, esto es todo por hoy. Venid a reuniros cuando recibáis la orden y acordaos de no decir a nadie ni una palabra sobre el granero de Tigger. Esta aventura nos pertenece.

—Apostaría cualquier cosa a que a los Siete Secretos les gustaría oír esto —dijo Jeff en voz alta—. ¡Qué risa me da pensar que no saben nada!

Se echó a reír y esta fue la señal para que todos se desahogaran. Kati volvió a soltar su risita. Sam resopló, Susie lanzó una carcajada, y lo mismo hizo Harry. Todos pensaban en Jack, escondido en el arbusto de laurel, tragándose los embustes que habían dicho, y esto les hacía reír cada vez más.

Jack les oía enfurruñado. ¿Cómo se atrevían a reírse de aquel modo de los Siete Secretos?

—Vámonos —dijo Susie finalmente—. Ha terminado la reunión. ¡Cogeremos una pelota y a jugar! ¿Dónde estará Jack? Creo que a él le gustaría jugar también.

Todos sabían muy bien dónde estaba Jack. Esto les hizo reír de nuevo y echaron a andar por el camino del jardín con excelente humor. ¡Estaban satisfechísimos de haberle hecho una jugada a un miembro del Club de los Siete Secretos! ¿Saldría corriendo a convocar una reunión? ¿Irían los Siete Secretos el martes por la noche, en plena oscuridad, al granero de Tigger?

–Oye, Susie: no habrás dicho en serio que quieres ir al granero de Tigger el martes por la noche, ¿verdad? –dijo Jeff, mientras avanzaban por el sendero.

–Pues la verdad es que lo pensé al principio –dijo Susie–. Pero sería una tontería. Está muy lejos y es un sitio muy oscuro. Además, a lo mejor no van los Siete Secretos y sería una idiotez que fuéramos alguno de nosotros a escondernos allí para nada.

–Desde luego –dijo Jeff, respirando–. Pero tú podrás enterarte de si Jack va, ¿verdad, Susie? ¡Lo que nos vamos a reír si sale el martes por la noche!

–¡Vaya que nos reiremos! –dijo Susie–. Espero que vaya, y a la vuelta le diré que todo fue una mentira. ¡Cómo se pondrá de furioso!

CAPÍTULO CINCO

JACK CUENTA LAS NOVEDADES

TAN PRONTO como estuvo seguro de que los Célebres Cinco se habían marchado, Jack salió del arbusto arrastrándose con grandes precauciones. Se sacudió el polvo y miró a su alrededor. No se veía a nadie.

Estuvo pensando un rato antes de decidirse a hacer algo. ¿Era aquello bastante importante como para reunir a los Siete Secretos? No, mejor sería hablar con Peter primero y contárselo todo. Peter decidiría si debían reunirse o no.

Cuando se dirigía a casa de Peter, Jack se encontró con Jorge.

—¡Hola! —dijo Jorge—. Qué serio estás. ¿Qué pasa? ¿Te han echado una bronca tus padres?

—No —respondió Jack—. Pero acabo de descubrir

que los Célebres Cinco tienen algo entre manos. Oí lo que Susie decía a los otros cuatro en el invernadero. Yo estaba escondido detrás del laurel.

–¿Es importante? –preguntó Jorge–. Lo digo porque tu hermana Susie es bastante pesada, ¿verdad? No tienes que pensar en ella demasiado. Bastante importancia se da ya.

–Sí, ya lo sé –dijo Jack–. Pero es lista. Ten en cuenta que nosotros hemos corrido muchas aventuras estupendas, ¿no es así? No hay razón para que los Célebres Cinco no hagan lo mismo, si tienen los ojos y los oídos bien abiertos. Escucha: te voy a contar lo que he oído.

Se lo contó y Jorge quedó muy impresionado.

–¡El granero de Tigger! –dijo–. Es un sitio formidable para los malhechores que quieran reunirse sin ser vistos. Pero ¿cómo se habrá enterado Susie de los nombres de esos individuos? Sería espantoso, Jack, que los Célebres Cinco dieran con un asunto importante antes que nosotros.

–Sí, espantoso –dijo Jack–. Especialmente por ser Susie la capitana. Siempre está haciéndome la pascua, y sería el colmo que su estúpido club descubriera alguna banda o algún complot. Vamos a ver a Peter, ¿quieres? Yo iba ahora hacia su casa.

–Bien, voy contigo –dijo Jorge–. Estoy seguro de que a Peter le parecerá importante la cosa. Vamos en seguida.

Los dos chicos avanzaron cabizbajos por el camino que conducía a la casa de Peter, en la que entraron por la parte de atrás. Lo encontraron partiendo leña, una de sus obligaciones los sábados por la mañana. Se alegró mucho de ver a Jack y a Jorge.

–¡Hola! –dijo dejando a un lado el hacha–. Ahora podré descansar un poco. Partir leña es muy entretenido durante cinco minutos, pero después es un aburrimiento. A mi madre no le gusta que lo haga porque cree que me voy a cortar los dedos, pero mi padre no transige y me manda hacerlo todos los sábados.

–Peter –dijo Jack–. Tengo noticias.

–¿Ah, sí? ¿Cuáles? –preguntó Peter–. Habla.

Jack le contó que se había escondido tras el arbusto de laurel y había escuchado toda la conversación de los Célebres Cinco.

–Desde luego que tienen una contraseña –dijo–, pero no la pude oír. Sin embargo, después se olvidaron de hablar bajo y me enteré de todo lo que decían.

Contó a Peter todo lo que había oído, pero Peter no se lo tomó en serio. Estaba muy enojado.

Escuchó hasta el final y luego echó la cabeza hacia atrás y rompió a reír.

–¡Pero, Jack! ¿Es posible que hayas creído todas esas tonterías? Susie ha hecho una comedia. Supongo que lo mismo hacen en todas sus tontas reuniones: figurarse que están enredados en una aventura y jugar a que son listos.

–Pues todo parecía verdad –dijo Jack, empezando a molestarse–. Ellos no tenían ni la menor idea de que yo estaba escuchando. Todos estaban muy serios. ¡Y Jeff ha dicho que está dispuesto a investigar el martes por la noche!

–¿Jeff? ¿Puedes imaginarte a ese cobardica persiguiendo ni siquiera a un ratón? Y no hablemos de perseguir a Dick el Malo y al otro pájaro, se llame como se llame –dijo Peter, riendo de nuevo–. Preferiría correr un kilómetro a ir al granero de Tigger de noche. Esa hermana tuya quería poner un poco de fantasía en el asunto, Jack. Tonterías de críos. Es como jugar a los pieles rojas o algo así. Ni más ni menos.

–Entonces ¿no crees que valga la pena convocar una reunión de los Siete Secretos para decidir que algunos de nosotros vayamos al granero de Tigger el martes por la noche? –dijo Jack, desencantado.

–No, no lo creo –dijo Peter–. No soy tan imbécil que pueda creer en los cuentos de Susie.

–Pero supón que los Célebres Cinco van y descubren algo que deberíamos descubrir nosotros –dijo Jorge.

–Bueno, si el martes por la noche tú, Jack, ves que Susie y Jeff van a algún sitio, sígueles –dijo Peter sin dejar de sonreír–. Pero ya veréis como tengo razón y no van allí. ¡Es todo un cuento!

–Muy bien –dijo Jack, levantándose–. Si es eso lo que crees, no vale la pena seguir hablando. Pero lo sentirás si ves que debías haber convocado una reunión y no lo has hecho. Susie puede ser una pesada, pero es muy lista, demasiado lista, y no me sorprendería ni pizca que los Célebres Cinco nos estuvieran pisando una aventura.

Peter empezó a partir leña de nuevo. Jack se marchó, furioso, con la cabeza erguida. Jorge se fue con él. Estuvieron un rato sin hablar. Al fin, Jorge dijo a Jack, dominado por la duda:

–Peter habla muy seguro, ¿verdad? ¿Crees que está en lo cierto? Al fin y al cabo, es el jefe de los Siete Secretos.

–Mira, Jorge: esperaré a ver qué hace Susie el martes por la noche. Si se queda en casa, sabré que

Peter tiene razón y que todo ha sido un cuento. Pero si sale, o si Jeff viene a buscarla, sabré que pasa algo, y entonces iré tras ellos.

–Buena idea –dijo Jorge–. Si quieres iré contigo.

–Lo que no sé es la hora a que podrán ir, si van –dijo Jack–. Ya sé lo que podemos hacer. Tú vienes el martes a merendar conmigo. Así podremos seguir de cerca a Susie y a Jeff si salen. Y si no salen, sabré que todo ha sido una farsa y me disculparé ante Peter por haber sido tan bobo.

–¡Estupendo! –aprobó Jorge–. Iré el martes a merendar contigo y vigilaremos de cerca a Susie. ¡Caramba! ¡Me alegro de no tener una hermana como la tuya! ¡Nunca sabe uno lo que trama!

Cuando Jack llegó a casa, fue en seguida a ver a su madre.

–Mamá, ¿puedo invitar a Jorge a merendar el martes?

Susie estaba allí, leyendo en un rincón. Aguzó el oído y sonrió. Adivinó que Jack y Jorge pretendían seguirles, a ella y a Jeff, si salían. Bien, llevaría la broma un poco más lejos.

—Ahora que me acuerdo, mamá –dijo–. ¿Puedo invitar también a Jeff a merendar el martes? Es importante para mí. ¿Puedo? Gracias, mamá.

CAPÍTULO SEIS

LA JUGARRETA DE SUSIE

JACK SE emocionó cuando oyó que Susie invitaba a Jeff a merendar el martes.

«¡Es una prueba! –se dijo–. Se irán juntos al granero de Tigger. ¡Peter estaba completamente equivocado! El martes por la noche mamá va a la reunión del comité. Por lo tanto, Susie y Jeff podrán salir sin que nadie se entere. Y yo puedo hacer lo mismo. ¡Bravo! Jorge y yo podremos seguirles tranquilamente la pista».

Jack dijo todo esto a Jorge, el cual creyó también que todo confirmaba que había algo de verdad en lo dicho en la reunión de los Célebres Cinco.

–Vigilaremos atentamente a Susie y a Jeff, y les seguiremos de cerca –dijo Jorge–. Se pondrán como basiliscos cuando vean que estamos con ellos en el granero de Tigger. Nos llevaremos una linterna, Jack. Aquello estará muy oscuro.

—No tanto —dijo Jack—. Habrá luna. Pero puede haber nubes; así es que desde luego llevaremos una linterna.

Susie le contó a Jeff, entre risas, que Jack había invitado a Jorge a merendar el martes.

—Por eso he dicho que tú vendrás también —dijo—. Y después de merendar, tú y yo nos escaparemos secretamente para hacer creer a Jack y a Jorge que vamos al granero de Tigger. Pero, en vez de ir allí, nos esconderemos en algún sitio, y, tan pronto estemos seguros de que Jack y Jorge han salido en nuestra busca, volveremos a casa y nos pondremos a jugar. Andarán hasta llegar al granero de Tigger, y no encontrarán nada más que un horrible y viejo caserón.

—¡Lo tendrán bien merecido! —dijo Jeff—. Lo único que puedo decirte es que estoy encantado de no tener que ir a un sitio tan solitario por la noche.

LA JUGARRETA DE SUSIE

Llegó la tarde del martes y, al salir del colegio, Jeff y Jorge se unieron a Jack y Susie. Aquellos iban al lado de Jack, que se fingía sorprendido de que Jeff fuera a merendar con Susie.

—¿Vas a jugar con sus muñecas o a ayudarla a limpiar su casa de muñecas? —preguntó.

Jeff se puso colorado.

—No seas estúpido —dijo—. Llevo mi tren nuevo. Jugaremos con él.

—¡Pero si se tarda un horror en montar las vías y todo lo demás! —dijo Jack, sorprendido.

—Bueno, ¿y qué? —dijo Jeff de muy mal talante.

De pronto se acordó de que Jack y Jorge creían que él y Susie se escaparían para ir al granero de Tigger, y comprendió que se estarían imaginando que no tendrían tiempo para jugar a un juego tan entretenido como los trenes. Pero que se fastidiasen y se quedaran en la duda.

Todos merendaron estupendamente, y luego se fueron al cuarto de jugar, que estaba arriba. Jeff empezó a enlazar las vías en el suelo. A Jack y a Jorge les hubiera gustado ayudarle, pero temían que Susie les llamara la atención diciendo que Jeff era su invitado y no el de ellos. Susie tenía a veces la lengua muy afilada.

Así es que se contentaron con intentar hacer un modelo bastante complicado de avión, sin perder de vista en ningún momento a Jeff y Susie.

La madre de Jack no tardó en asomarse a la puerta.

–Adiós, hijos. Me voy a la reunión del comité. Jeff y Jorge: acordaos de que tenéis que iros a casa a las ocho. Jack, si no estoy de vuelta a la hora de la cena, preparaos algo vosotros mismos. Y no os olvidéis del baño.

–Bien, mamá –dijo Jack–. Cuando vuelvas, entra a darnos las buenas noches.

Tan pronto como la madre se marchó, Susie empezó a hacerse la misteriosa. Guiñó un ojo a Jeff, y Jeff le devolvió el guiño. Jack se dio cuenta, que era lo que ellos querían. Inmediatamente se puso alerta. ¡Ah, aquellos dos pillastres se ponían de acuerdo para escabullirse, aprovechando la oscuridad de la noche!

–Jeff, ven a ver el nuevo reloj que tenemos abajo –dijo Susie–. En la parte de arriba tiene un hombrecito que sale cada cuarto de hora a dar con un martillo en un yunque. Ya son casi las siete y cuarto. Vamos a verle salir.

–Bien –dijo Jeff. Y se marcharon dándose empujones y riendo.

–Ya se van –dijo Jorge–. ¿Les seguimos?

Jack se asomó a la puerta.

–Están abajo –dijo–. Ahora sacarán sus chaquetas del armario del vestíbulo. Les daremos un minuto para que se las pongan, y luego iremos a coger las nuestras. Supongo que oiremos la puerta de la calle cuando la cierren. Les seguiremos con un minuto de diferencia.

Al cabo de un minuto, oyeron que se abría la puerta de la calle, y luego que la cerraban suavemente, como para que nadie la oyera.

–¿Has oído? –preguntó Jack–. La han cerrado despacito. Vamos. Nos pondremos las chaquetas y los seguiremos. No muy de cerca, no sea cosa que nos vean. ¡Qué sorpresa se van a llevar cuando lleguemos al granero de Tigger!

Se pusieron las chaquetas y abrieron la puerta de la calle. Fuera había bastante luz, gracias a la luna. Pero, por si acaso se nublaba, llevaban una linterna, como habían convenido.

No había ni rastro de la pareja Jeff y Susie.

–¡Qué velocidad llevan! –dijo Jack, cerrando la puerta tras él–. Vamos. Ya sabemos el camino del granero de Tigger. Es igual que no llevemos delante a Jeff y Susie.

Se alejaron por el camino del jardín. No pudieron oír las risas que les seguían. Jeff y Susie estaban escondidos detrás de los cortinones del vestíbulo y miraban a Jack y Jorge que se alejaban. Se dieron la mano riendo. ¡Qué jugada tan estupenda habían hecho a sus dos rivales!

CAPÍTULO SIETE

EN EL GRANERO DE TIGGER

JACK Y Jorge no tenían la menor idea de que a sus espaldas, en el vestíbulo, habían dejado a Jeff y a Susie. Se imaginaban que iban delante de ellos, corriendo, en dirección al granero de Tigger. También ellos iban de prisa, pero se asombraban de no ver a nadie, por más que forzaban la vista, en el camino iluminado por la luna.

–Bueno, tal vez hayan cogido bicicletas –dijo Jorge–. No han podido ir tan de prisa. ¿Tiene Susie bici, Jack?

–Sí. Y apuesto a que ha dejado la mía a Jeff –dijo Jack, malhumorado–. Llegarán al granero de Tigger muchísimo antes que nosotros. Confío en que la reunión de esos hombres no se acabe antes de que lleguemos. No me gustaría que Susie y Jeff lo oyeran todo y nosotros nada.

El granero de Tigger se hallaba aproximadamente a un kilómetro y medio de distancia. Estaba en lo alto de una colina, rodeado de árboles. Tiempo atrás había formado parte de una granja que se incendió una noche. Ahora, el granero de Tigger era un caparazón en ruinas utilizado por vagabundos que buscaban cobijo, por urracas que construían sus nidos en la única gran chimenea que quedaba en pie, y por una enorme lechuza que dormía durante el día entre los ruinosos muros.

Los chiquillos habían jugado allí hasta que se les prohibió por temor a que se desplomaran las viejas paredes. Una vez, Jack, Jorge y Peter fueron a explorarlo, pero un viejo vagabundo apareció por una esquina y les gritó de tal modo, que ellos echaron a correr.

Los dos chicos siguieron andando con dificultad. Al llegar a la colina, subieron por el estrecho sendero que conducía al granero de Tigger. Seguían sin descubrir ni rastro de Jeff y Susie. Si habían cogido las bicicletas, desde luego que estarían ya en el granero de Tigger.

Al fin llegaron al viejo edificio, que aparecía bajo la difusa claridad de la luna, en ruinas y abandonado. Le faltaba parte del tejado y su única gran chimenea se levantaba en la oscuridad de la noche.

—Ya hemos llegado —susurró Jack—. Ve con cuidado para que Jeff y Susie no sepan que estamos aquí. Y también para que no nos oigan esos hombres, si han llegado ya. Pero la tranquilidad es completa. No creo que los malhechores estén aquí.

Sin salir de la sombra de una hilera de avellanos, anduvieron de puntillas hasta la parte trasera de la casa. Había una puerta en la fachada y otra en la parte de atrás del caserón. Las dos estaban cerradas, pero como no había cristales en las ventanas, era muy fácil entrar.

Jack saltó al interior por una ventana de la planta

baja. Un leve ruido le sobresaltó, y se agarró a Jorge, que dio un salto.

—No me des estos sustos —protestó Jorge muy bajito—. Solo era una rata que huía. Casi me haces gritar al cogerme tan de repente.

—¡Shhh! ¿Qué es eso?

Se quedaron escuchando. Algo se movía en lo alto de la enorme chimenea que se alzaba como una torre sobre el hogar, en la habitación medio destrozada en que se hallaban.

—A lo mejor es una lechuza —dijo Jorge finalmente—. Sí, ¿oyes su grito?

Un vibrante ulular llegó a sus oídos. Pero no parecía salir de la chimenea, sino del jardín lleno de maleza. Después, otro ulular contestó al primero, pero no parecía ser de lechuza.

—Jack —le susurró Jorge al oído—, eso no es una lechuza. Son hombres que se envían señales. Se reúnen aquí. Pero ¿dónde están Jeff y Susie?

—No tengo la menor idea. Supongo que estarán

escondidos en algún sitio seguro –dijo Jack, sintiendo de pronto que le temblaban las rodillas–. Lo mejor será que nosotros nos escondamos también. Esos hombres no tardarán ni medio minuto en estar aquí.

–La chimenea es un buen escondite –musitó Jorge–. Ahí dentro nos protegerá la oscuridad. Ven, date prisa. Se oyen pasos. Sí, estoy seguro. Vienen de fuera.

Los dos muchachos corrieron al hogar de la chimenea sin hacer ruido. De vez en cuando los vagabundos la habían encendido, y estaba llena de cenizas. Los chicos se metieron hasta los tobillos en ellas, casi sin atreverse a respirar.

De pronto, se encendió una linterna y sus rayos resbalaron por las paredes de la habitación. Jack y Jorge se apretaron uno contra otro.

Oyeron que alguien saltaba por la misma ventana que ellos habían utilizado para entrar. Luego una voz habló a alguien que estaba fuera.

–Vamos, entra. No hay nadie. Larry no ha llegado

todavía. Dale la señal, Zac. Tal vez esté esperando que se la demos.

Zac lanzó un vibrante alarido.

—¡Uuu-uu-uu! ¡Uuu-uu-uu!

Alguien contestó del mismo modo desde lejos, y al cabo de medio minuto aproximadamente otro hombre trepó por la ventana. Ahora eran tres.

Los dos chicos contuvieron el aliento. ¡Pero qué extraño era todo aquello! ¿Para qué se reunirían aquellos hombres en un lugar tan solitario? ¿Quiénes eran y qué se proponían hacer?

Por otra parte, ¿dónde estaban Susie y Jeff? ¿Estarían también mirándolo y oyéndolo todo?

—Venid al cuarto de al lado —dijo el hombre que había hablado primero—. Hay unas cajas para sentarse, y la luz no podrá verse desde fuera tanto como se vería si estuviéramos aquí. Vamos, Larry, y tú, Zac, pasa delante con la linterna.

CAPÍTULO OCHO

MOMENTOS DE ANGUSTIA

LOS DOS chicos en parte se alegraron y en parte sintieron que los hombres se hubieran ido a la otra habitación. Se alegraban porque ya no temían que los descubrieran, y estaban apenados porque ahora les era imposible oír con claridad lo que los hombres decían.

Solo percibían un murmullo.

Jack dio un codazo a Jorge.

—Voy a acercarme con cuidado a la puerta. Quizá pueda oír lo que dicen.

—¡No! —dijo Jorge, alarmado—. Nos descubrirán. ¡Seguro que harás ruido!

—No lo haré. Llevo suelas de goma —le susurró Jack—. Tú, quédate aquí, Jorge. Me pregunto dónde estarán Susie y Jeff. Espero no darme de narices con ellos.

Jack anduvo sin hacer ruido hasta la entrada de la otra habitación. Había una puerta rota colgando y miró por la abertura. Vio en la habitación a los tres hombres, sentados sobre viejas cajas, concentrados en el estudio de una especie de mapa, y hablando en voz baja.

¡Si pudiera oír lo que decían! Intentó ver cómo eran los hombres, pero le fue imposible en aquella oscuridad. Solo podía oír sus voces. Una de ellas era clara y hablaba con educación y firmeza; las otras dos eran roncas y desagradables.

Jack no comprendía de qué estaban hablando. Cargar y descargar. Seis dos o quizá siete diez. Agujas, agujas, agujas. No debe de haber luna. Oscuridad, niebla, neblina. Agujas. Niebla. Seis dos, pero podéis tardar tanto como siete diez. Y de nuevo agujas, agujas, agujas.

¿Qué demonios querrían decir? Era desesperante

oír aquellas palabras extrañas que no tenían ningún sentido. Jack aguzó el oído con el deseo de oír mejor; pero como no lo consiguiera, decidió acercarse algo más.

Se apoyó contra algo que cedió con su peso. ¡Era la puerta de un armario! Antes de que pudiera impedirlo, Jack cayó en el interior del mueble con un golpe seco. La puerta se cerró tras él con un suave «clic». Se quedó allí sentado, asustado y sorprendido, sin atreverse a hacer el menor movimiento.

–¿Qué ha sido eso? –dijo uno de los hombres.

Todos se quedaron escuchando, y en aquel momento una enorme rata recorrió silenciosamente la habitación sin apartarse de la pared. Uno de los hombres la enfocó con la linterna.

–Una rata –dijo–. Este caserón está plagado de ratas. ¡Qué ruido ha hecho!

–No estoy seguro de que haya sido ella –dijo el hombre de la voz clara–. Apaga la linterna, Zac. Siéntate en silencio un momento, y escuchemos.

La luz se apagó. Los hombres se sentaron y permanecieron en silencio, escuchando. Otra rata se deslizó por el suelo.

Jack estaba sentado dentro del armario, absolutamente inmóvil, temeroso de que los hombres pudieran descubrir quién había hecho el ruido.

Jorge seguía en la otra habitación, de pie dentro de la gran chimenea, preguntándose qué había sucedido. ¡Qué silencio tan absoluto! ¡Qué oscuridad tan profunda...!

En el cañón de la chimenea se despertó la lechuza y se desperezó una vez más. Era de noche: la hora de ir de caza. Ululó suavemente y se dejó caer chimenea abajo para seguir su camino a través de la ventana sin cristales.

La lechuza se quedó tan sorprendida al toparse con Jorge como este al sentir que la lechuza le rozaba la cara. El ave nocturna salió por la ventana, volando silenciosamente. Era una sombra moviéndose en la penumbra.

Jorge no podía soportar seguir allí. Tenía que salir de aquella chimenea urgentemente. Alguna otra cosa podía caer sobre él y pasar rozando su cara. ¿Dónde estaría Jack? ¡Qué traición la suya al marcharse dejándole con cosas que vivían en chimeneas! Además, Jack tenía la linterna. Jorge habría dado cualquier cosa a cambio de la luz de una linterna.

Salió de la chimenea deslizándose, y se quedó en medio de la habitación, preguntándose qué podría hacer. ¿Dónde estaba Jack? Había dicho que iba a la puerta de la otra habitación para ver si podía oír lo que los hombres decían. Pero ¿dónde estaban los hombres ahora? No se oía ningún ruido.

«Quizá hayan salido por otra ventana y se hayan marchado –pensó el pobre Jorge–. Pero, si es así, ¿por qué no vuelve Jack? Se está portando muy mal conmigo. No podré aguantar esto mucho tiempo».

Se acercó a la puerta, alargando los brazos y con las manos abiertas para ver si Jack estaba allí.

No, no estaba. En la habitación de al lado reinaba la más completa oscuridad, y le era imposible ver nada. También el silencio era absoluto. ¿Dónde se habían metido todos?

Jorge sintió que las piernas no le sostenían. ¡Qué horrible era aquel viejo y ruinoso caserón! ¿Por qué demonios habría hecho caso a Jack? ¿Por qué le habría acompañado? Estaba seguro de que Jeff y Susie no habrían cometido la estupidez de ir allí por la noche.

No se atrevía a llamar. Quizá Jack estuviera cerca y también asustado. Si utilizara la contraseña de los Siete Secretos... ¿Cuál era la última? ¡Chulo!

«Si digo en voz baja "Chulo", Jack sabrá que soy yo –pensó–. Es nuestra contraseña. Sabrá que soy yo y me contestará».

Se detuvo, pues, junto a la puerta y susurró:

–¡Chulo! ¡ Chulo! No hubo contestación. Lo intentó otra vez, levantando la voz:

–¡Chulo!

MOMENTOS DE ANGUSTIA

Y entonces se encendió una linterna y su luz cayó directamente sobre él. Una voz le habló con aspereza.

—¿Qué significa esto? ¿Qué sabes tú del Chulo? Entra en la habitación, chico, y contesta.

CAPÍTULO NUEVE

ALGO MUY EXTRAÑO

JORGE ESTABA estupefacto. ¡Los hombres seguían allí! Pero ¿dónde estaba Jack? ¿Qué le había pasado? Se había quedado inmóvil, bañado por la luz y con la boca abierta.

—¡Vamos! ¡Entra! —dijo el hombre, impaciente—. Has dicho «Chulo» ¿Traes algún mensaje de él?

Jorge abrió más la boca. ¿Un mensaje de él? ¿De Chulo? ¡Pero si era solamente una contraseña! ¡El nombre de un perro! ¿Qué quería decir aquel hombre?

—¿Quieres entrar de una vez? —insistió el hombre—. ¿Qué te pasa, muchacho? ¿Tienes miedo? No nos vamos a comer a un mensajero de Charly el Chulo.

Jorge entró lentamente en la habitación. Su cabeza empezó a trabajar repentinamente a toda velocidad... Un mensajero de Charly el Chulo... ¿Podía haber alguien que se llamara Chulo? ¿Pensaban aquellos hombres que él era un enviado suyo? ¡Qué increíble!

—No habrá ningún mensaje de Charly —dijo el hombre llamado Zac—. ¿A santo de qué? Está esperando noticias nuestras, ¿verdad? Di: ¿te ha mandado para que te demos noticias?

Jorge no hacía otra cosa que asentir con la cabeza. No quería decir nada. Aquellos hombres parecían creer que él había ido a verles en busca de noticias para un hombre llamado Charly. Quizá si se esperase a que le dieran el mensaje, le dejarían marchar sin hacerle más preguntas.

—No sé por qué nos manda Charly un chico tan tonto —gruñó Zac—. ¿Tienes un bolígrafo, Larry? Escribiré un mensaje.

—Un chico que no abra la boca, que no diga una sola palabra es justamente el mensajero ideal para nosotros —dijo el hombre de la voz clara—. Di a

Charly lo que hemos decidido, Zac. Dile también que marque con rayas blancas una esquina de la lona.

Zac garrapateó algo en un cuaderno de notas a la luz de la linterna. Arrancó la hoja y la dobló.

–Aquí tienes –le dijo a Jorge–. Llévaselo a Charly, y no sigas llamándole Chulo, ¿eh? A los niños que se quieren hacer los graciosos se les arrancan las orejas. Sus amigos pueden llamarle como quieran, pero tú no.

–¡Bah, deja en paz al chico! –dijo Larry. ¿Dónde está Charly ahora, niño? ¿En Dalling o en Hammond?

Jorge no sabía qué contestar.

–Dalling –dijo al fin, sin tener idea de lo que este nombre significaba.

Larry le arrojó una moneda.

–¡Vete ya! –dijo–. Este sitio te da miedo, ¿no es verdad? ¿Quieres que te acompañe hasta el pie de la colina?

Esto era lo que menos deseaba Jorge. Negó con la cabeza. Los hombres se levantaron.

–Bueno, muchacho, si quieres compañía, nosotros nos vamos ahora. Si no, lárgate.

Jorge salió disparado, pero no fue muy lejos. Primero volvió a la habitación inmediata, agradeciendo que la luna hubiera vuelto a salir e iluminara la pieza lo bastante para que él pudiera correr hasta la ventana. Trepó y pasó al otro lado con bastante dificultad porque le temblaban las piernas y no podía dominarlas.

Encontró un espeso matorral y se arrojó en él. Si aquellos hombres se marchaban, como habían dicho, podría esperar a que se fueran, y entonces volver a la casa y buscar a Jack. ¿Qué le habría pasado a su amigo? Todo indicaba que había desaparecido sin dejar rastro.

Los hombres salieron cautelosamente del granero de Tigger, hablando en voz baja. La lechuza pasó volando sobre sus cabezas y lanzó un graznido que los sobresaltó. Después Jorge oyó que se reían y bajaban tranquilamente la colina.

Lanzó un suspiro de alivio. Luego salió del matorral a rastras y volvió a la casa. Se quedó parado sin saber qué hacer. ¿Intentaría volver a decir la contraseña? La última vez le había dado resultados sorprendentes. Por lo tanto, quizá fuera mejor pronunciar el nombre de Jack únicamente.

Pero antes de que tuviera tiempo de decirlo, una voz salió de la puerta de la habitación inmediata.

—¡Chulo! —dijo aquella voz en un penetrante susurro.

Jorge se quedó inmóvil y no contestó. ¿Era Jack el que había dicho la contraseña? ¿O sería alguien que conocía a aquel Charly Chulo, quienquiera que fuese?

Entonces se encendió una luz que se proyectó sobre él, pero esta vez, menos mal, era la linterna de Jack, y este lanzó una exclamación de alivio.

—¿Eres tú, Jorge? ¿Por qué demonio no me has contestado cuando he dicho la contraseña? Tenías que saber que era yo.

–¡Oh, Jack! ¿Dónde estabas? ¡He pasado un rato horrible! –dijo Jorge–. No debías haberte marchado dejándome así. ¿Dónde te has metido?

–Estaba escuchando a esos hombres y caí dentro del armario –dijo Jack–. Se cerró la puerta a mis espaldas y no pude oír ni una palabra más. No me atrevía a moverme por temor a que esos hombres me descubrieran. Pero, al fin, abrí la puerta, y, al no oír nada, me pregunté dónde estarías tú. Por eso he dicho la contraseña.

–¡Oh, ahora lo comprendo! –exclamó Jorge con un suspiro de alivio–. Así, ¿no sabes lo que me ha pasado? Los hombres me descubrieron y...

–¿Te descubrieron? ¿Y qué te hicieron? –dijo Jack, asombradísimo.

–Ha sido incomprensible –dijo Jorge–. Yo también dije la contraseña, ¿sabes?, esperando que tú la oyeras. Pero los hombres me oyeron susurrar «Chulo» y me invitaron a entrar y me preguntaron si era un mensajero del Chulo.

Jack no le entendía, por lo que Jorge estuvo un buen rato explicándole que aquellos tres hombres habían creído que alguien que ellos conocían, y que se llamaba Charly el Chulo, le había enviado a él, a Jorge, como mensajero.

–Y me dieron una nota para él –dijo Jorge–. La tengo en mi bolsillo.

–¡No! ¿De verdad? –exclamó Jack, repentinamente entusiasmado–. ¡Esto es emocionante! Puede tratarse de otra gran aventura. Déjame ver esa nota.

–No. Vamos a casa y allí la leeremos –dijo Jorge–. Quiero salir de este lugar siniestro. No me gusta ni pizca. Algo bajó por la chimenea, y por poco me da un ataque. Vamos, Jack, quiero irme.

–Espera un momento –dijo Jack, acordándose de algo repentinamente–. Hay que pensar en Susie y Jeff. Tienen que estar aquí también, en algún sitio de este caserón. Debemos buscarles.

–Tenemos que averiguar cómo sabían ellos que había una reunión aquí esta noche –dijo Jorge–. Vamos a llamarlos, Jack. Yo estoy seguro de que aquí no hay nadie, pero los llamaremos.

Gritó a todo pulmón:

—¡Jeff! ¡Susie! ¡Salid, estéis donde estéis!

Su voz se extendió por todo el caserón, arrancando ecos aquí y allá, pero nadie contestó.

—Busquemos bien con la linterna —dijo Jack, y los dos muchachos entraron valientemente en todas las vacías y ruinosas habitaciones, y en todos los rincones alumbrándolos con la linterna.

No había nadie. Esto preocupó a Jack. Susie era su hermana. Los chicos tienen que cuidar siempre de sus hermanos más pequeños, aunque sean tan pesados como Susie. ¿Qué le habría pasado?

—Jorge, tenemos que ir a casa tan de prisa como podamos para decirle a mi madre que Susie ha desaparecido. Y también Jeff. ¡Vamos! Puede haberles pasado algo.

Volvieron a casa de Jack tan rápidamente como les fue posible.

Cuando corría hacia la puerta principal, Jack vio a su madre que volvía de la reunión del comité. Se abalanzó sobre ella.

–¡Mamá! ¡Susie ha desaparecido! ¡Se ha marchado! ¡Se fue al granero de Tigger y no está allí!

Su madre le miró, alarmada. Abrió a toda prisa la puerta principal y entró seguida de los chicos.

–¡Contádmelo todo en seguida! –dijo–. ¿Qué queréis decir? ¿Por qué salió Susie? ¿Cuándo?

En esto, una puerta se abrió de golpe en el piso de arriba, y una voz alegre gritó:

–¡Hola, mamá! ¿Eres tú? ¡Ven y verás cómo corre el tren de Jeff...! No nos riñas por ser tan tarde. Esperábamos a que volvieran Jack y Jorge.

–Pero si es Susie –dijo la madre, sorprendida–. Jack, ¿por qué has dicho que tu hermana había desaparecido? ¡Qué broma es esta!

Sí, allí estaban Susie y Jeff, que habían cubierto el suelo de vías de tren.

Jack se quedó mirando a Susie, sorprendido e indignado. Así, pues, ¿no había salido? Ella le sonrió con malicia.

—¡Te fastidias! —dijo Susie con insolencia—. ¿Quién vino a espiar nuestra reunión de los Célebres Cinco? ¿Quién escuchó lo que decíamos y se lo creyó? ¿Quién ha ido al granero de Tigger, a pie y de noche? ¿Quién es un bobo de remate?

Jack se lanzó sobre ella como un energúmeno. Ella, riendo, se parapetó detrás de su madre.

—¡Vamos, Jack, vamos! —dijo su madre—. Basta ya! ¿Qué es lo que ha pasado? Susie, vete a la cama. Jeff, recoge las vías. Ya es hora de que te vayas. Tu madre llamará, extrañada de que no estés ya en casa. ¡Jack! ¿Has oído lo que te he dicho? ¡Deja en paz a Susie!

Jeff fue a recoger sus vías y Jorge le ayudó. A los dos les imponía la madre de Jack cuando se ponía seria. Susie corrió a su habitación y la cerró dando un portazo.

—¡Es una estúpida! —rugió Jack—. Un día la...

–¡Ve a abrir el grifo de la bañera! –le ordenó su madre severamente–. Os iréis a la cama sin cenar. ¡Este comportamiento es intolerable!

Jorge y Jeff desaparecieron tan pronto como les fue posible, cargados con las cajas de los trenes. Jorge se olvidó por completo de lo que llevaba en el bolsillo, de aquella nota escrita con bolígrafo dirigida a un individuo llamado Chulo, y que ni siquiera había leído...

CAPÍTULO DIEZ

SE CONVOCA UNA REUNIÓN

Jorge y Jeff iban por la calle a paso ligero. Jeff se echó a reír.

—Jack y tú mordisteis el anzuelo, ¿eh? Susie es muy lista. Preparó bien su plan. Hablamos a gritos para estar seguros de que Jack nos oiría. Sabíamos que estaba escondido en el laurel.

Jorge no dijo nada. Estaba indignado de que los Célebres Cinco hubieran gastado una broma tan pesada a los Siete Secretos, y de que Jack hubiera picado con tanta facilidad el anzuelo; pero, ¡qué resultados tan sorprendentes había tenido la broma!

Susie había mencionado el granero de Tigger solo para hacer creer a Jack y a los Siete Secretos que los

Célebres Cinco habían descubierto algo allí, y habían hablado de unos seres imaginarios como Dick el Malo y Tom el Tuerto. Pero ¡quién lo había de decir!, allí ocurría algo verdaderamente, si no entre Dick el Malo y Tom el Tuerto, sí entre tres hombres misteriosos llamados Zac, Larry... y, ¿había oído el nombre del otro?... No, no lo había oído.

–Estás muy callado, Jorge –dijo Jeff, echándose a reír de nuevo–. ¿Cómo lo pasaste en tu visita al granero de Tigger? Apuesto lo que quieras a que fue algo espantoso.

–Lo fue –dijo Jorge sinceramente y no pronunció ni una palabra más.

Quería pensar en todo lo ocurrido detenidamente, recordar lo que había oído, e intentar poner en orden las cosas. Todo estaba embrollado en su cabeza.

«Lo cierto es –se dijo de pronto– que tenemos que convocar una reunión de los Siete Secretos. Es curioso que una broma tan tonta de los Célebres

SE CONVOCA UNA REUNIÓN

Cinco nos haya conducido a algo grande, a una nueva aventura, sin duda. Susie es una estúpida, pero ha hecho un gran favor a nuestro club».

Tan pronto como Jorge llegó a su casa, buscó la nota que Zac le había dado. Registró su bolsillo con ansiedad. ¡Sería terrible que la hubiera perdido!

Pero no. Sus dedos se cerraron sobre el doblado papel. La emoción le hacía temblar la mano cuando lo sacó. Lo abrió y lo leyó a la luz de la lámpara de su mesilla de noche.

Querido Charly:

Todo está dispuesto a la perfección. No veo que nada pueda ir mal. Sin embargo, una niebla sería bien recibida, como puedes suponer. Larry se encargará de las agujas; ya hemos arreglado esta cuestión. No te olvides del camión y haz que marquen la lona del vagón en una esquina con algo blanco. Eso nos permitirá encontrar en seguida la carga. Ha sido una

buena idea tuya que se envíe la carga por tren
y se recoja con un camión.

Un abrazo, Zac

Para Jorge aquello no tenía pies ni cabeza. ¿De qué diablos se trataba? Estaba claro que tramaban algo, pero ¿qué quería decir todo aquello?

Jorge fue al teléfono. Quizá Peter no estuviera todavía acostado. Tenía que hablar con él y decirle que algo importante había sucedido.

Peter se iba en aquel momento a la cama. Acudió, sorprendido, al teléfono cuando su madre lo llamó.

—Hola, ¿qué hay?

—Peter, no puedo contártelo todo ahora, pero Jack y yo fuimos al granero de Tigger y te doy mi palabra de que allí pasa algo. Nos metimos en una aventura y...

—¡No pretenderás hacerme creer que ese cuento de Susie era verdad! —dijo Peter.

—No. Lo que ella contó era todo inventado, como

tú dijiste; pero, de todas formas, algo pasa en el granero de Tigger; algo que Susie no sabía, desde luego, porque ella solamente habló de ese sitio por divertirse. Pero es algo serio, Peter. Mañana tienes que convocar una reunión de los Siete Secretos para después de la merienda.

Hubo una pausa.

–Está bien –dijo Peter, al fin–. La convocaré. Lo que me dices es muy extraño, Jorge. No me cuentes más cosas por teléfono, porque no quiero que mamá me haga demasiadas preguntas. Le diré a Janet que diga a Pamela y a Bárbara que mañana a las cinco de la tarde habrá reunión en nuestro cobertizo, y nosotros se lo diremos a Colin y a Jack. ¿Verdad que todo esto suena a misterio?

–¡Pues ya verás cuando oigas toda la historia! –dijo Jorge–. Te quedarás pasmado.

Colgó el teléfono y se preparó para irse a la cama, olvidándose de que no había cenado. No podía dejar de pensar en los acontecimientos de aquella tarde.

Era curioso que la contraseña de los Siete Secretos fuera Chulo, y que hubiera en realidad un individuo llamado así.

¡Y qué extraordinario que el cuento inventado por Susie se hubiera transformado de pronto en realidad, sin saberlo ella! ¡Algo sucedía en el granero de Tigger!

Se metió en la cama y estuvo un buen rato despierto. Jack también estaba acostado y despierto. Pensaba. Tenía los nervios en tensión. Le hubiera gustado no haber caído dentro de aquel maldito armario; así lo habría oído todo. Menos mal que Jorge había obtenido mucha información.

Al día siguiente los Siete Secretos estaban muy emocionados. Era difícil ocultar a los Célebres Cinco que tenían algo emocionante entre manos; pero Peter les había prohibido terminantemente hablar del asunto en el colegio, por si acaso la pesada de Susie, que tan fino tenía el oído, se enteraba de algo.

—No quiero que los Célebres Cinco nos sigan la

pista –dijo Peter–. Esperad hasta esta tarde, y entonces podremos hablar tranquilamente.

A las cinco en punto de la tarde los Siete Secretos se hallaban en el cobertizo del jardín de Peter. Todos habían vuelto a casa corriendo al salir del colegio, habían engullido sus meriendas y habían salido volando a la reunión.

Todos dijeron rápidamente y en voz baja la contraseña al pasar uno por uno al cobertizo, llevando puesta la insignia con las iniciales C. S. S.: «Chulo»... «Chulo»... «Chulo»...

Jack y Jorge solo habían tenido tiempo para cambiar algunas palabras. Se morían de ganas de contar la extraña historia.

–Bueno, ya estamos todos aquí –dijo Peter–. *Scamper*, haz guardia junto a la puerta. Ladra si oyes algún ruido. Esta reunión es importantísima.

Scamper se levantó y se fue a la puerta con solemne gravedad. Se sentó y se puso a escuchar, muy serio.

—¡Oh, Peter, desembucha! —dijo Pamela—. ¡No puedo esperar ni un minuto más! ¿De qué se trata?

—¡Está bien! ¡Está bien! —dijo Peter—. Quedamos en que no íbamos a convocar otra reunión hasta las vacaciones de Navidad, a no ser que sucediera algo importante. Pues bien, ha sucedido. Jack, empieza a contar, por favor.

Jack lo estaba deseando. Explicó cómo se había escondido en el arbusto para enterarse de todo lo que los Célebres Cinco dijeran en su reunión; repitió el ridículo cuento que Susie había inventado para engañar a los Siete Secretos y enviarles a la busca de algo que no existía, y solo para burlarse de ellos.

Contó que Peter se había reído de la historia y había dicho que todo era una invención de Susie, pero que Jorge y él habían decidido ir al granero de Tigger por si era verdad.

—Pero yo tenía razón —interrumpió Peter—. Era una invención de Susie. Por casualidad, ha resultado en parte verdad, sin que Susie lo sepa.

SE CONVOCA UNA REUNIÓN

Jorge continuó el relato. Contó que Jack y él fueron al granero de Tigger creyendo que Susie y Jeff iban delante. Y luego explicó su emocionante aventura en el viejo caserón.

Todos escuchaban atentamente. Las chicas contuvieron la respiración cuando Jorge llegó al momento en que aparecieron los tres hombres.

Entonces Jack contó que él fue a la puerta a escuchar y cayó dentro del armario, y Jorge explicó que había salido en busca de Jack y había dicho la contraseña («Chulo») con resultados tan sorprendentes.

–¿Quieres decir, que hay un hombre llamado Chulo? –preguntó Bárbara, asombrada–. ¿Es posible que haya un hombre que se llame como mi perro?

–No interrumpas –dijo Peter–. Va, seguid contando.

Todos se quedaron con los ojos como platos cuando Jorge les explicó que los hombres habían creído que él era un mensajero de un tal Charly el Chulo. Luego, cuando les habló de la nota que le habían

dado y la sacó del bolsillo, los Siete Secretos se quedaron sin habla a causa de la impresión.

El papel fue pasando de mano en mano. Al cabo de un rato, Peter empezó a dar golpes con la mano en una caja.

—Ya hemos visto todos la nota —dijo—. Y hemos oído contar a Jack y a Jorge lo que sucedió la otra noche. No hay duda de que hemos dado otra vez con algo sospechoso. ¿Creen los Siete Secretos que debemos intentar resolver este nuevo misterio?

Todos golpearon las cajas, dando gritos. *Scamper* ladró, no menos excitado.

—Bien —dijo Peter—. Yo también estoy de acuerdo. Pero tenemos que llevar mucho, pero que mucho cuidado esta vez, porque, si no, los Célebres Cinco intentarán entrometerse, y podrían estropearlo todo. ¿Conformes?

Lo estaban. *Scamper* se acercó y puso una pata sobre la rodilla de Peter, como si quisiera decir que estaba enteramente de acuerdo.

LOS SIETE SECRETOS SOBRE LA PISTA

–Vuelve a la puerta, *Scamper* –dijo Peter–. Es misión tuya dar la voz de alarma en el caso de que cualquiera de esos cinco pelmas, o Célebres Cinco, vengan a husmear por aquí. En guardia, *Scamper*, rápido.

Scamper obedeció y volvió a su sitio junto a la puerta. Los Siete se agruparon más estrechamente y empezó un gran debate.

–Primero reunamos todo lo que oyeron Jack y Jorge –dijo Peter–. Después, intentaremos averiguar lo que las cosas oídas pueden significar. Por el momento, estoy hecho un lío y no tengo la menor idea de lo que esos hombres piensan hacer.

–Como os he dicho –dijo Jack–, oí hablar a esos hombres, pero como hablaban en voz muy baja, solo pude cazar al vuelo algunas palabras de vez en cuando.

–¿Qué palabras eran? –preguntó Peter–. Repítelas exactamente.

–Pues... dijeron varias veces algo sobre «cargar y

descargar» –dijo Jack–. Y pronunciaron una y otra vez la palabra «agujas».

–¿A qué se referían? –preguntó Peter.

Jack estaba completamente desorientado.

–No tengo ni la menor idea. También hablaron de números. Dijeron «seis dos» bastantes veces, y después, «quizás siete diez»... Les oí decir que no tenía que haber luna, y nombraron la neblina, la oscuridad y la niebla. Francamente, para mí aquello no tenía ni pies ni cabeza. Solo sé que estaban discutiendo algún plan.

–¿Qué más oíste? –preguntó Janet.

–Nada –contestó Jack–. Entonces caí dentro del armario, la puerta se cerró y ya no oí nada más.

–Y todo lo que yo puedo añadir es que aquellos hombres me preguntaron si Charly estaba en Dalling o en Hammond –dijo Jorge–. Pero no tengo ni idea de lo que eso querrá decir.

–Quizá sean nombres de talleres o fábricas –sugirió Colin–. Podríamos averiguarlo.

—Sí, hay que averiguarlo —dijo Peter—. Y ahora vamos con la nota. ¿Qué diablos significará? La palabra «agujas» se repite una y otra vez. Hablan de camiones y de vagones. No cabe duda de que tienen planeado algún robo. Por lo menos, eso creo yo. Pero ¿un robo de qué? También quieren que haya niebla. Pero eso es natural.

—Llevemos la nota a la policía —dijo Bárbara, como el que tiene de pronto una brillante idea.

—¡No, no! ¡Todavía no! —dijo Jorge—. Esta carta me pertenece, y me gustaría ver si podemos hacer algo antes de contárselo a los adultos. Hasta ahora nos las hemos compuesto nosotros solos en una serie de asuntos. No sé por qué no hemos de ser capaces de hacer algo también esta vez.

—Yo soy partidario de intentarlo —dijo Peter—. Es un caso emocionante de veras. Y tenemos bastantes pistas. Sabemos cómo se llaman tres de los cuatro hombres. Zac, que tiene un nombre nada corriente; Larry y Charly el Chulo, que sin duda es el jefe.

–Sí, y sabemos que está en Dalling o en Hammond –dijo Jack–. ¿Qué hacemos primero, Peter?

De pronto, *Scamper* se puso a ladrar como un salvaje, mientras arañaba la puerta.

–¡Ni una palabra más! –dijo Peter en el acto–. ¡Hay alguien fuera!

CAPÍTULO ONCE

¿ALGUNA IDEA?

PETER ABRIÓ la puerta. *Scamper* salió en tromba, ladrando. Pronto se detuvo ante un arbusto y empezó a mover la cola. Los Siete Secretos corrieron hacia él.

En el suelo, junto al tronco del arbusto, se veían dos pies. Jack lanzó un grito de rabia, penetró entre el ramaje y sacó a rastras... ¡a Susie!

—¡Cómo te atreves! —rugió—. ¡Venir aquí a escuchar! ¿Cómo te atreves, Susie?

—¡Déjame! —dijo Susie—. ¡Es chocante que me preguntes cómo me atrevo! ¡No hago más que repetir lo que hiciste tú el sábado! ¿Quién se escondió en el laurel?

—¿Cómo supiste que teníamos reunión? —preguntó Jack, sacudiendo a Susie.

—No lo sabía, pero como se me ha ocurrido seguirte... –repuso Susie haciendo una mueca–. Lo malo es que no he oído nada. No me he atrevido a acercarme a la puerta, por temor a que ladrara *Scamper*. Pero se me ha escapado un estornudo y él debe de haberme oído. ¿Por qué habéis tenido reunión?

—¡Como que te lo vamos a decir! –dijo Peter, enfurruñado–. Vete a casa, Susie. ¡Hala, vete! Jack, llévatela a casa. Se ha terminado la reunión.

—¡Qué estúpida! –dijo Jack–. Está bien. Vamos, Susie. Y como hagas otra tontería, te tiro del pelo hasta que grites.

Jack se marchó con Susie. Peter se volvió a los demás y les habló en voz baja.

—Escuchad. Debéis reflexionar detenidamente sobre lo que hemos dicho, y si se os ocurre alguna cosa buena, nos lo decís mañana a Janet o a mí. No debemos continuar esta reunión. Algún otro de los Célebres Cinco puede venir a espiarnos.

—¡De acuerdo! –dijeron los Siete Secretos, y se

marcharon a sus casas, emocionados y pensativos. ¿Cómo podría ocurrírseles algo que les ayudara a ordenar el lío de palabras de la nota? Agujas. Seis dos, siete diez. Niebla, neblina, oscuridad. Dalling, Hammond...

Todos hacían esfuerzos para tener alguna buena idea. A Bárbara no se le ocurría nada. Pamela hizo el intento de preguntar a su padre por Dalling y Hammond, pero él no sabía nada de uno ni de otro. Pamela se quedó sin saber qué decir cuando su padre le preguntó por qué quería saberlo, y la niña no habló más del asunto.

Colin llegó a la conclusión de que se cometería un robo en una noche oscura y de niebla, y que en algún sitio se tenían que descargar las mercancías de un camión. No podía comprender por qué las enviaban por tren. Todos los chicos pensaron lo mismo, pero como les dijo Peter, esto no resolvía nada, ya que no sabían en qué fecha, en qué sitio ni de qué camión se descargaría el género.

¿ALGUNA IDEA?

Jack tuvo una idea bastante buena. Pensó que sería para ellos una ayuda encontrar a un hombre llamado Zac, porque estaba casi seguro de que sería el del granero de Tigger: no podía haber muchos en la comarca.

–Muy bien, Jack. Es una buena idea. Encárgate tú de buscarlo. Encuentra a ese Zac, y habremos dado el primer paso.

–Sí, pero ¿cómo lo busco? –dijo Jack–. No puedo ir dando vueltas por las calles y preguntando a todos los hombres si se llaman Zac.

–Desde luego. Por eso he dicho que es una buena «idea» –dijo Peter, sonriendo–. No es más que eso, una idea, pues es imposible llevarla a cabo, ¿comprendes? Por lo tanto, se quedará en idea y de ahí no pasará. Buscar al tal vez único Zac de la región, sería como querer encontrar una aguja en un pajar.

–No me gustaría tener que encargarme de eso –dijo Janet, que estaba con ellos–. Creo que Peter y yo hemos tenido una ocurrencia mejor, Jack.

–¿Qué se os ha ocurrido? –preguntó Jack.

–Verás. Estuvimos mirando en nuestro listín de teléfonos para ver si había alguna compañía llamada Dalling o Hammond –dijo Janet–, y no había ninguna. Por eso creemos que tienen que estar más lejos. Nuestra guía de teléfonos solo tiene los nombres de los habitantes de esta comarca, ¿sabes?

–Y ahora vamos a Correos, a buscar en los listines que tienen allí –dijo Peter–. En esos están los nombres de los vecinos de otras comarcas. ¿Quieres venir con nosotros?

Jack fue con ellos. Llegaron a Correos y entraron. Peter cogió dos listines, los de las letras D y H.

–Primero voy a buscar Dalling –dijo, y fue pasando el dedo por los nombres que empezaban por D. Sus acompañantes se apoyaron en él y fueron también leyendo nombres.

–Dale, Dale, Dale, Dales, Dalgleish, Daling, Daling, Dalish, Dallas, ¡DALLING! –leyó Peter, señalando con el dedo los nombres–. Aquí está

Dalling... ¡Atiza! ¡Hay tres Dallings! ¡Qué mala pata!

—Sí, la señora Dalling, Rose Cottage, Hubley —dijo Janet —; E. A. Dalling, que vive en Manar House, Tallington, y E. Dalling, fábrica de artículos de cobre, Petlington. ¿Cuál será el Dalling que buscamos? A mí me parece que los fabricantes.

—¡A mí también! —dijo Peter, emocionado—. Veamos ahora las haches. ¿Dónde están? ¡Ah, en el otro libro! Aquí lo tenemos... Hall, Hall, ¡madre mía! ¡Cuánta gente se apellida Hall! Hallet, Ham, Hamm, Hammers, Hamming, Hammond, Hammond, Hammond, Hammond... ¡Oh! ¡Fijaos!

Todos miraron. Peter apuntaba al cuarto Hammond. «Hammond y Cía., S. L. Fábrica de artículos de cobre. Petlington».

—¡Ya lo tenemos! —dijo Peter, triunfante—. Dos fábricas que trabajan con cobre. Una se llama Hammond y la otra Dalling. Charly el Chulo tendrá algo que ver con las dos.

–¡Cobre! –exclamó Jack–. Hoy vale mucho, ¿verdad? Siempre salen en las noticias casos de ladrones de cobre.

–Parece que Charly el Chulo va a enviar a alguna parte una partida de cobre en un vagón de tren, y Zac y los otros se proponen robar el cobre –dijo Peter–. Como has dicho, Jack, este metal vale mucho.

–¡Este Charly debe de estar bien situado en las dos empresas! –dijo Janet–. ¿Cuál será su verdadero nombre?... Charly el Chulo. ¿Por qué le llamarán así?

–Sin duda porque es un sinvergüenza y tiene la cara muy dura –dio Peter–. ¡Si Hammond y Dalling no estuvieran tan lejos, podríamos ir a espiar para ver si oíamos hablar de alguien que se llamara Charly el Chulo!

–Están a muchos kilómetros de aquí –dijo Jack, mirando las direcciones–. Hemos demostrado ser bastante listos, pero lo cierto es que no hemos adelantado mucho. Sabemos que Dalling y Hammond son dos fábricas de cobre y que el cobre vale mucho, pero nada más.

–Sí. No hemos adelantado mucho –dio Peter, cerrando el listín de teléfonos–. Tendremos que discurrir un poco más a fondo. ¡Hala! ¡Vamos a comprar caramelos! Chupar caramelos me ayuda a pensar.

CAPÍTULO DOCE

UN JUEGO Y UNA CHISPA DE INSPIRACIÓN

PASÓ OTRO día y llegó el sábado. Se convocó una nueva reunión para aquella mañana, pero nadie tenía mucho que decir. Fue, en verdad, una reunión bastante aburrida comparada con la emocionante reunión anterior. Los Siete estaban sentados en el interior del cobertizo, comiendo las galletas que les había dado la madre de Jack, y *Scamper*, como siempre, vigilaba junto a la puerta.

Llovía. Los Siete miraron al exterior desalentados.

—No se puede ir a dar un paseo, ni jugar un partido de fútbol —dijo Peter—. Quedémonos aquí, en el cobertizo, y juguemos a algo.

—Ve a buscar tu juego de trenes, Peter —dijo Janet—. Yo traeré el juego de la granja. Montaremos las vías en medio de los árboles de juguete y de las construcciones de la granja. Así formaremos un campo que parecerá de verdad. Hay montones de cosas en el juego de la granja. Es el más grande y más bonito que he visto. Ve a buscarlo. Nosotras lo montaremos, y los chicos se encargarán de los trenes.

—Es un juego perfecto para una mañana lluviosa como esta —dijo Jack, entusiasmado—. El otro día, cuando Jorge vino a merendar conmigo, me habría gustado ayudar a Jeff a montar su estupendo tren eléctrico, pero era el invitado de Susie, y ella por nada del mundo me hubiera dejado mezclarme en sus cosas. Por cierto, Peter, que sospecha que tenemos algún asunto entre manos. No para de darme la lata para que le diga si aquella noche pasó algo en el granero de Tigger.

—Pues tú le dices que se calle, y nada más —dijo Peter—. *Scamper*, ya no necesitas vigilar la puerta. Ven; puedes estar con nosotros, viejo amigo. La reunión ha terminado.

Scamper se alegró mucho. Corrió alrededor de todos, moviendo la cola.

Peter trajo su juego de trenes, y Janet y Pamela fueron a buscar el juego de la granja. Este juego tenía de todo, desde animales y campesinos, hasta árboles, vallas, pesebres y cuadras.

Todos se pusieron a montar los dos juegos. Enlazaban las vías, y formaban un paisaje campestre con árboles, vallas, animales y las dependencias de la granja. Era realmente divertido.

De pronto, Peter miró a la ventana. Había percibido un movimiento en ella. Vio una cara que miraba hacia dentro, y se levantó lanzando tal alarido, que sobresaltó y alarmó a todos.

–Es Jeff –gritó–. ¿Nos estará espiando por encargo de los Célebres Cinco? ¡Corre tras él, *Scamper*, corre!

Pero Jeff se había dado a la fuga. Además, aunque *Scamper* lo hubiera alcanzado, no habría pasado nada, porque el *spaniel* conocía bien a Jeff y le quería.

UN JUEGO Y UNA CHISPA DE INSPIRACIÓN

—No importa que Jeff mire —dijo Janet—. Todo lo que verá es que estamos jugando pacíficamente. Dejadle que nos mire desde ahí fuera, bajo la lluvia.

Las vías del tren quedaron al fin colocadas. Las tres magníficas locomotoras fueron enganchadas a sus vagones. Dos eran trenes de pasajeros, y el otro de mercancías.

—Yo manejaré un tren y tú otro, Colin. Tú, Jack, puedes encargarte del tercero —dijo Peter—. Tú, Janet, da las señales. Esto lo haces muy bien. Y tú, Jorge, encárgate de los cambios de agujas. No tiene que haber accidentes. Siempre podrás desviar un tren a otra vía, si crees que puede chocar con otro.

—Muy bien. Yo me encargaré de las agujas —dijo Jorge, satisfecho—. Me gusta hacerlo. Me encanta desviar un tren de la vía principal a una vía secundaria.

Pusieron en marcha las locomotoras. Estas avanzaron, y Jorge las desvió hábilmente de una línea a otra cuando le parecía que podía haber un accidente.

De pronto, en mitad del juego, Janet se irguió y exclamó:

—¡Pues claro!

Todos la miraron.

—¿Qué pasa? —dijo Peter—. ¿Qué es lo que está claro? ¿Por qué me miras así?

—¡Agujas! —dijo Janet, emocionada—. ¡Agujas! —y agitó la mano, señalando adonde estaba sentado Jorge, manejando los cambios de agujas y desviando los trenes de una línea a otra—. ¡Oh, Peter, no seas tan tonto! ¿No te acuerdas? Aquellos hombres del granero de Tigger hablaban de agujas. Jack dijo que no paraban de hablar de ellas. Apuesto a que se referían a los cambios de agujas de alguna vía de tren.

Hubo un corto silencio. Luego todos se pusieron a hablar a la vez.

—¡Sí! ¡Podría ser! ¿Cómo no se nos habrá ocurrido antes? ¡Desde luego! ¡Cambios de agujas!

Inmediatamente se interrumpió el juego y empezó una seria discusión.

–¿Qué utilidad pueden tener para ellos los cambios de agujas? Sin duda, la de desviar un tren a otra vía.

–Sí, un tren que transporte algo que quieran robar: el cobre.

–Por lo tanto, ha de ser un tren de mercancías. Uno de los vagones llevará el cobre que quieren robar.

–¿Y la lona? Sin duda, cubrirá la carga. ¿No os acordáis de que tenía que llevar una señal blanca en una esquina, de modo que ellos la vieran fácilmente?

–¡Sí! Así no tendrán que perder tiempo mirando todos los vagones para ver cuál es el que les interesa. Los trenes de mercancías tienen treinta o cuarenta vagones. Las marcas blancas en la lona les indicarán inmediatamente cuál es el vagón que buscan.

–¡Guau! –ladró *Scamper*, participando de la excitación general.

Peter se volvió hacia él.

–¡Eh, *Scamper*! ¡En guardia otra vez junto a la puerta, amigo! ¡La reunión ha empezado de nuevo! ¡En guardia!

Scamper se fue a vigilar. Los Siete Secretos se agruparon estrechamente con repentina emoción. ¡Pensar que una sola palabra había disparado sus cerebros de aquel modo y les había puesto de pronto sobre la verdadera pista!

–¡Eres lista de verdad, Janet! –dijo Jack, y la cara de Janet se iluminó.

–¡Oh, cualquiera podía haber pensado en ello! –dijo–. Solo fue que se encendió una luz en mi cabeza cuando no parabais de hablar de agujas. ¡Oh, Peter! ¿Dónde crees que estarán esos cambios de agujas?

Peter reflexionaba sobre otras cosas.

–Estaba pensando –dijo, brillándole los ojos– en los números que aquellos hombres repetían... Seis dos, siete diez. ¿No podrían referirse al horario de los trenes?

–¡Oh, sí! ¡Como cuando papá va a tomar el tren de las seis treinta para venir a casa, o el de las siete doce! gritó Pamela–. Seis dos... Tiene que haber algún tren que salga de algún sitio o llegue a alguna parte a esa hora.

–Y les gustaría que fuera una noche oscura, con niebla o neblina, porque entonces les sería fácil desviar el tren a una bifurcación –dijo Jack–. Una noche con niebla sería una gran cosa para ellos. Al maquinista le sería imposible ver que el tren se desviaba a una línea equivocada. Seguiría adelante hasta que le hicieran una señal. Y allí estarían los malhechores preparados para coger el cobre del vagón marcado...

–Y se encargarían de que no les molestara el sorprendido conductor de la máquina, ni el guarda –dijo Colin.

A esto siguió un silencio. De pronto, los Siete se habían dado cuenta de que solo una banda numerosa podía haber organizado aquel extraordinario robo.

–Creo que deberíamos decírselo a alguien –dijo Pamela.

Peter movió la cabeza.

–No. Descubramos algo más si podemos. ¡Y estoy seguro de que podremos! Debemos consultar un horario de trenes y ver si hay alguno que llegue a algún sitio a las seis dos, es decir a las seis y dos minutos.

–Eso no servirá para nada –dijo inmediatamente Jack–. Los trenes de mercancías no están en los horarios de trenes.

–¡Es verdad! Se me había olvidado –dijo Peter–. Bueno, ¿qué os parece si uno o dos de nosotros fuéramos a la estación a hacer unas cuantas preguntas sobre trenes de mercancías para enterarnos de las horas a que llegan y de dónde vienen? Sabemos que las Compañías de Dalling y Hammond están... ¿Dónde...? En Petlington, ¿no es así?

–Sí –dijo Janet–. Es una buena idea ir a la estación, Peter. Ya no llueve. ¿Por qué no vais ahora?

UN JUEGO Y UNA CHISPA DE INSPIRACIÓN

—Iré —dijo Peter—. Tú vienes conmigo, Colin. Jack y Jorge ya han tenido su dosis de emoción, pero tú no. Por eso te vienes conmigo.

Los dos chicos se fueron, entusiasmados. ¡Ahora sí que estaban sobre la pista!

Peter y Colin llegaron a la estación justamente cuando entraba un tren. Lo observaron. En el andén había dos mozos de carga y un hombre vestido con un mono azul que se caía de sucio. Este hombre había estado trabajando en la vía y, cuando llegó el tren chirriando, había saltado al andén.

Los chicos esperaron. Cuando el tren se hubo marchado, se acercaron a los mozos y Peter preguntó a uno de ellos:

—¿Va a pasar algún tren de mercancías? Nos encanta verlos.

—Dentro de quince minutos llega uno —dijo el mozo.

—¿Es muy largo? —preguntó Colin—. Una vez conté cuarenta y siete vagones tirados por una máquina.

–El más largo viene al anochecer –dijo el mozo.

–¿Cuántos vagones suele traer, Zac?

El hombre que llevaba el mono sucio se frotó la cara con su grasienta mano y se echó la gorra hacia atrás.

–Pues... de treinta a cuarenta... Eso depende.

Los chicos se miraron. ¡Zac! ¡El mozo había llamado a aquel hombre Zac! ¿Sería el mismo Zac que se había reunido con los otros dos hombres en el granero de Tigger?

Le miraron. Ciertamente, no había mucho que mirar. Un hombre pequeño, delgado, de cara escuálida, muy sucio y con el pelo demasiado largo. ¡Zac! Era un nombre tan poco corriente que Peter y Colin estaban seguros de hallarse ante el Zac que había estado allá arriba, en el viejo caserón.

–¿Y a qué hora llega ese tren de mercancías? –preguntó Peter, recobrando el uso de la palabra.

–Pues alrededor de las seis, dos veces por semana –dijo Zac–. A las seis y dos, debe llegar aquí, pero a veces se retrasa.

—¿Y de dónde viene? —preguntó Colin.

—De muchos sitios —repuso Zac—. Turleigh, Idlesston, Hayley, Garton, Petlington...

—¡Petlington! —exclamó Colin sin poder contenerse.

Era el lugar donde estaban las compañías Hammond y Dalling. Peter le dirigió una mirada de reproche y Colin se apresuró a remediar su imprudencia.

—Petlington. Bien, siga usted. ¿Por dónde más pasa? —dijo.

El hombre les dio otra serie de nombres, y los chicos escucharon. Pero ya se habían enterado de muchas de las cosas que querían saber.

El tren de las seis y dos era un tren de mercancías que pasaba dos veces por semana, y Petlington era uno de los sitios en que se detenía. Probablemente, allí se le añadían uno o dos vagones de cobre de Hammond y Dalling. ¿Tuberías de cobre? ¿Planchas de cobre? Los chicos no tenían de esto la menor idea, pero era un detalle que no importaba demasiado. De todas formas, era cobre, valioso cobre: ¡de esto estaban seguros! Cobre que enviaba Charly Chulo.

–Esta mañana hemos estado jugando con mi tren de juguete –dijo Peter, discurriendo de improviso un modo de hacer preguntas sobre cambios de agujas y desvíos–. Es un tren estupendo, tiene cambios de agujas para desviar los trenes de una vía a otra. Y están muy bien hechos. Son como los de verdad.

–¡Ah, si quieres saber algo de agujas, pregunta a mi compañero! –dijo Zac–. Es su trabajo. Él desvía los trenes de mercancías de una línea a otra. Porque a veces un tren tiene que ir a una vía de estacionamiento.

–Y el tren de las seis y dos ¿se desvía o sigue su camino por la vía principal? –preguntó Peter.

–Sigue por la vía principal –dijo Zac–. Larry solamente desvía los trenes de mercancías que se tienen que descargar cerca de aquí. El de las seis y dos va directo hasta Swindon. Lo podréis ver si venís por la tarde.

UN JUEGO Y UNA CHISPA DE INSPIRACIÓN

Peter había mirado a Colin para ver si se había dado cuenta del nombre del compañero de Zac.

¡Larry! ¡Zac y Larry! ¡Qué golpe de suerte tan fenomenal! Colin hizo un guiño a Peter. ¡Sí, se había dado perfecta cuenta! Tenía los nervios en tensión.

–Me gustaría ver a Larry manejar las agujas –dijo Peter–. Tiene que ser muy divertido. Supongo que estas palancas serán muy diferentes de las del tren de juguete que tengo en casa.

Zac se echó a reír.

–Desde luego. Las nuestras son bastante más pesadas. Escuchad: ¿queréis venir conmigo por la vía? Os enseñaré algunas de las palancas que hacen que un tren se desvíe a una vía muerta. Están a cosa de un kilómetro.

Peter echó una ojeada al reloj. Llegaría muy tarde a comer, pero aquello era verdaderamente importante. Una ocasión única. Tenía la posibilidad de ver las agujas que Larry manejaría una noche oscura y de niebla.

–Vigila a los chicos, no sea cosa que los coja un tren –advirtió el mozo a Zac, cuando este se llevó a los dos muchachos a lo largo de la vía.

Estos le miraron con el ceño fruncido. ¡Como que ellos no se iban a dar cuenta si venía algún tren!

La caminata les pareció muy larga. Zac tenía que hacer un trabajo cerca de donde estaban las agujas. Dejó sus herramientas junto a la vía que tenía que reparar, y llevó a los chicos a un cruce de vías. Les explicó cómo funcionaban las agujas.

–Para esta línea hay que mover esta palanca, ¿veis? Mirad cómo los raíles van a juntarse con aquellos otros. Así hacen que el tren deje esta vía y vayan hacia aquella.

Colin y Peter movieron las palancas ellos mismos. Tuvieron que hacer un gran esfuerzo.

–¿Pasa el de las seis y dos por esta línea? –preguntó Peter en el tono más inocente.

–Sí, pero sigue por su vía sin desviarse a ningún lado –respondió Zac–. Nunca trae mercancías para

este distrito. Continúa hasta Swindon. ¡Bueno, ahora que no se os ocurra venir a jugar con las vías! ¡Si lo hacéis, tendréis que entenderos con la policía!

—No, no lo haremos —prometieron los dos chicos.

—Bien, tengo que continuar mi trabajo —dijo Zac, que no parecía tener muchas ganas de trabajar—. ¡Hasta otra! Espero haberos dicho lo que queríais saber.

Ciertamente que les había dicho lo que querían saber, y más, mucho más de lo que él se imaginaba. Colin y Peter no podían creer en la gran suerte que habían tenido. Caminaron junto a la vía y, de pronto, se detuvieron.

—Deberíamos ir a explorar la vía muerta —dijo Peter—. ¡Pero es tan tarde! ¡Qué mala pata! ¡Se nos ha olvidado preguntar en qué días pasan por aquí los trenes de mercancías que vienen de Petlington!

—Vámonos. Ya volveremos por la tarde —dijo Colin—. Tengo un hambre canina. Cuando volvamos averiguaremos qué dos días de la semana pasa ese tren de mercancías, y, además, exploraremos la vía muerta.

Dejaron atrás la vía y llegaron a la carretera. Estaban los dos tan emocionados, que no podían dejar de hablar. ¡Qué casualidad haberse tropezado con Zac, con el Zac que buscaban! ¡Y haber sabido que Larry era el encargado de las agujas! ¡Todo estaba más claro que el agua! Había sido estupendo que a Janet se le hubiera encendido la chispa aquella mañana, y se le hubiera ocurrido lo de las agujas. ¡Aquello era tener suerte!

—Volveremos esta tarde lo antes posible —dijo Peter—. Voto por que vengamos todo el equipo. ¡Esto se está poniendo verdaderamente emocionantísimo!

CAPÍTULO TRECE

UNA TARDE DE EMOCIONES

LAS DOS madres, la de Peter y la de Colin, estaban muy enfadadas por el retraso con que sus hijos habían llegado a comer. Janet tenía tanta curiosidad por saber lo que había pasado, que casi no podía esperar a que Peter terminara. Este le hacía gestos con las cejas a cada momento, mientras engullía su plato, temeroso de que a su hermana se le ocurriera hacer alguna pregunta comprometedora.

Terminada la comida, la envió a buscar a los Siete Secretos, que no tardaron en llegar. Colin se retrasó un poco porque tuvo que acabar de comer.

Peter contó todo lo ocurrido y los demás le escucharon entusiasmados. ¡Vaya información! ¡Encontrarse con Zac y que él les hubiera contado todo lo que querían saber!

–No tenía ni la menor idea de por qué le hacíamos tantas preguntas –dijo Colin con un guiño de picardía–. Estuvo bastante amable con nosotros aunque es un individuo de aspecto miserable.

–Esta tarde iremos a explorar la vía muerta –dijo Peter–. También averiguaremos qué días pasa ese tren de mercancías.

Y allá se fueron. Primero entraron en la estación para buscar al mozo. Este tenía poco trabajo y se alegró de tener a alguien con quien hablar Les contó muchas cosas ocurridas en los trenes, y Peter le llevó poco a poco al tema de los de mercancías.

–Aquí viene uno –dijo el mozo–. Pero no parará en esta estación, porque no hay pasajeros para subir y ninguno querrá bajar. ¿Lo veis? ¿Queréis contar los vagones? No es muy largo...

La mayoría de los vagones iban al descubierto, y transportaban las cosas más diversas: carbón, ladrillos, maquinaria, cajones de embalaje... El tren pasó lentamente, chirriando, y los Siete contaron treinta y dos vagones.

—Yo preferiría ver ese tren de mercancías de que nos habló Zac —dijo Peter al mozo—. El que viene de Petlington y de más allá, el de las seis y dos, creo que dijo. A veces es larguísimo, ¿verdad?

—Sí, pero para verlo tendréis que venir el martes o el viernes —dijo el mozo—. Os advierto que no lo veréis bien, porque cuando pasa ya no hay luz. Mirad, el guarda del tren de mercancías os está saludando con la mano.

Los chicos le devolvieron el saludo. El tren de mercancías se fue haciendo más y más pequeño en la distancia y al fin desapareció.

—¿No roban cosas de los vagones abiertos? —dijo Peter con la mayor inocencia.

—¡Vaya si roban! —respondió el maletero—. Ha habido gran cantidad de robos últimamente. ¡Hasta un coche se llevaron de un vagón, aunque os cueste creerlo! Dicen que es una banda. No sé cómo se las arreglarán... Bueno, chicos, tengo que ir a trabajar algo. ¡Hasta la vista!

Los Siete se marcharon. Por el lado de la vía recorrieron un kilómetro aproximadamente y llegaron al lugar donde estaban las agujas que Zac les había enseñado a manejar aquella mañana.

—Aquí piensan desviar el tren de mercancías —dijo, señalando el lugar—. Me gustaría saber qué día. Creo que será pronto, porque la nota que dieron a Jorge decía que todo marchaba bien, y que todo estaba preparado.

Siguieron la vía secundaria, avanzando junto a los raíles. La línea describía una curva e iba a parar finalmente a un pequeño almacén. No parecía haber nadie en él en aquel momento.

El recinto tenía grandes puertas, que estaban abiertas para dejar paso a los camiones que tenían que llevarse las mercancías que se descargaban de los vagones. Pero ahora solamente se veían vagones vacíos en la pequeña vía y no había un alma alrededor de ellos. Estaba claro que no se esperaba en aquel momento ningún tren de mercancías.

—Este sitio es muy solitario —dijo Colin—. Si a un tren de mercancías se le envía aquí, nadie lo oirá ni lo verá..., excepto los que lo estén esperando. Apuesto a que vendrá un camión furtivamente un anochecer para llevarse del vagón que tenga en la lona marcas blancas las chapas de cobre, las tuberías o lo que sea.

—¿Y si viniéramos el martes al anochecer, por si acaso es el día elegido por ellos? —dijo Jack de pronto—. Si viéramos que pasaba algo, podríamos avisar a la policía. Y antes de que Zac y Larry pudieran terminar de descargar, tendríamos aquí a la policía. ¡Esto sería emocionante, digo yo!

—No sé, no sé. Creo que lo que deberíamos hacer es ponernos en contacto con ese inspector tan simpático —dijo Peter—. Ya sabemos lo suficiente para poder hablar con seguridad. Lo único que no sabemos es si la cosa será el martes o el viernes.

UNA TARDE DE EMOCIONES

Se quedaron allí discutiendo. Ninguno de ellos vio a un corpulento policía que iba de un lado a otro con toda parsimonia.

Cuando vio a los niños, se quedó parado, observándoles.

–Me gustaría ver esas agujas –dijo Colin, que empezaba a cansarse de la discusión–. Enséñamelas, Peter. Ya estaremos atentos a los trenes.

Peter se olvidó de que los niños tenían prohibido atravesar las vías. Se dirigió al cambio de agujas, seguido de los demás, avanzando por el centro de las vías.

Un vozarrón los detuvo.

–¡Eh, chicos! ¿Qué es eso de atravesar las vías? ¡Venid aquí! Tengo algo que deciros.

–¡Huyamos! –dijo Pamela, aterrada–. ¡No nos dejemos atrapar!

–No. No podemos huir –dijo Peter–. Me olvidé de que no podíamos ir por las vías como lo hacíamos. Volvamos atrás. Si nos excusamos, todo irá bien.

LOS SIETE SECRETOS SOBRE LA PISTA

Peter condujo de nuevo a los Siete hacia el almacén. El policía se acercó a ellos con el ceño fruncido.

–Últimamente a los niños les ha dado por venir a cometer travesuras en las vías y en las estaciones. Os voy a tomar los nombres y las señas, y presentaré una queja a vuestros padres.

–¡Pero si no hacíamos nada malo! –se lamentó Peter–. Nos hemos metido en las vías sin querer, pero de verdad que no hacíamos nada malo.

–¿Y a qué habéis venido aquí? –preguntó el policía–. A hacer alguna travesura, seguro.

–¡Pues no! –dijo Peter.

–Entonces, ¿a qué habéis venido? –insistió el policía–. Decídmelo en seguida. Para algo habréis venido.

–Díselo –dijo Bárbara, asustada y a punto de echarse a llorar.

El policía sospechó lo peor cuando vio que había algo que contar.

–¿De modo que algo tramabais? Pues ya me lo estáis diciendo o apunto vuestros nombres y direcciones.

Peter no quería contarle nada a aquel hombre de tan mal genio. Primero, porque no creería la extraordinaria historia que los Siete Secretos le podían contar, y segunda porque Peter no estaba dispuesto a descubrir los secretos del club. No; de decírselo a alguien, se lo diría a su padre, o a aquel inspector tan simpático.

El policía acabó perdiendo la paciencia y uno por uno fue apuntando nombres y direcciones de los Siete Secretos. Era desesperante. ¡Pensar que habían ido allí para ayudar a dar caza a una banda de astutos ladrones, y les habían tomado los nombres por caminar por la vía!

–Mi padre me pegará una bronca si se entera de esto –dijo Colin, preocupado–. ¡Oh, Peter, vamos a decírselo a nuestro amigo, el inspector, antes de que el policía vaya a hablar con nuestros padres!

Pero Peter estaba furioso y no daba su brazo a torcer.

–¡No! –dijo–. Acabaremos este asunto nosotros. La policía podrá venir en el último momento, cuando lo hayamos hecho todo. Sí, y también vendrá ese antipático policía que nos tomó los nombres. ¡Imagínate la cara que pondrá cuando tenga que venir una noche a este lugar para detener a unos ladrones descubiertos por nosotros y no por él! Nos tendrá que pedir perdón por sospechar de nosotros, ¿no os parece?

–¡A mí también me gustaría verlo! –dijo Janet.

CAPÍTULO CATORCE

POR FIN LLEGA LA TARDE DEL MARTES

A LA mañana siguiente hubo reunión para preparar el trabajo del martes. Era un típico día de noviembre. Una ligera neblina lo envolvía todo.

–Mi padre dice que habrá niebla hoy mismo –anunció Peter–. Si es así, esos tipos estarán de suerte el martes. No creo que el maquinista pueda ver que su tren entra en una vía muerta cuando lo manden allí. No le será posible ver nada.

–Me gustaría que ya fuera martes –dijo Jack–. Susie sabe que tenemos algo entre manos, y ella y los Célebres Cinco se mueren de ganas de saber qué es. Se pondrá hecha una fiera cuando se entere de que fue su estúpida broma la que nos condujo a todo esto.

–Sí. Yo creo que este golpe será el final de los Célebres Cinco –dijo Colin–. Oye, Peter: he conseguido un mapa de ferrocarriles. Es de mi padre. Marca todas las vías desde Petlington, las agujas y todos los detalles. ¿Crees que sería un mapa como este el que Zac, Larry y el otro hombre miraban en el granero de Tigger?

–Sí, podría ser –dijo Jack–. Seguro que estos tipos han hecho esta misma operación otras veces. Conocen el funcionamiento de los trenes al dedillo. ¡Ah, qué ganas tengo que llegue el martes!

–Creo que Siete somos demasiados para pasar desapercibidos –dijo Peter–. Propongo que vayamos los chicos.

Estuvieron todos de acuerdo.

Por fin llegó el martes. Ninguno de los Siete Secretos pudo concentrarse en el colegio aquel día. No podían dejar de pensar en la noche que se avecinaba.

Aquella mañana, Peter miró por la ventana cien veces.

POR FIN LLEGA LA TARDE DEL MARTES

«Papá tenía razón –pensaba–. La niebla ha aparecido, una verdadera niebla de noviembre. Y esta noche será tan densa que se harán señales de niebla en las vías. Las oiremos».

Los cuatro niños habían quedado en reunirse después de la merienda. Los acompañaría *Scamper*. Peter pensó que sería conveniente llevarle con ellos por si algo iba mal.

Todos tenían linterna. Peter palpó su bolsillo para ver si llevaba unos chicles para compartir con sus amigos. Los llevaba. Sintió un escalofrío de emoción.

Estuvo a punto de no poder ir a reunirse con los demás, porque su madre le vio cuando se ponía la chaqueta y sintió gran inquietud al pensar que iba a salir con aquella niebla.

–Te perderás –dijo–. No puedo consentir que salgas.

–Tengo que reunirme con los otros –dijo Peter, desesperado–. ¡Tengo que ir, mamá!

–No, de ningún modo puedo dejarte marchar –dijo la madre–. Bueno, a menos que te lleves a *Scamper*. Él sabrá volver a casa si tú te desorientas.

–¡Oh, desde luego que me llevo a *Scamper*! –dijo Peter, agradecido.

Y salió inmediatamente a todo correr, con *Scamper* pisándole los talones. Se encontró con los demás en la puerta y se fueron todos juntos.

La espesa niebla flotaba alrededor de los muchachos, que a duras penas conseguían atravesarla con la luz de sus linternas. Entonces oyeron el «¡bang! ¡bang!» de las señales de la niebla en los raíles del tren.

–Apuesto a que Zac y sus compañeros están encantados con esta niebla –dijo Colin–. Mirad. Ahí está la valla que corre junto a la vía. Si no nos separamos de ella, no nos perderemos.

Llegaron al almacén unos minutos antes de las seis, y entraron cautelosamente por una de las puertas, que estaba abierta. Todos los chicos calzaban zapatos de suela de goma, y apagaron con cuidado las linternas al entrar en el recinto silenciosamente.

Oyeron el ruido del motor de un camión, y después una frenada. Hasta ellos llegaban voces. Pronto distinguieron una sombra que sostenía una linterna.

–¡La banda ha llegado, y también el camión enviado por Charly el Chulo! –susurró Jack–. Mirad hacia allí. ¡Apuesto a que el camión lleva el nombre de Hammond o de Dalling!

–¡El golpe era para este martes! –exclamó Colin, con un suspiro de alivio.

¡Bang! ¡Bang! ¡Bang!

Más señales de niebla. Los chicos sabían cuándo llegaban los trenes por la cercana línea principal, por las repentinas explosiones de las señales de niebla, cuya finalidad era que los conductores de los trenes pudiesen ver los discos, o comprendieran que tenían que ir más despacio.

–¿Qué hora es? –susurró Jorge.

–Ahora son alrededor de las seis y media –le contestó Peter–. El tren de las seis y dos se habrá retrasado a causa de la niebla. Puede llegar de un momento a otro, pero también es posible que llegue muy tarde.

¡Bang! Otra señal, lanzada a los pocos minutos. Los chicos se preguntaban si habría ido a parar entre las ruedas del último tren de mercancías.

Efectivamente. El maquinista sacó la cabeza y miró el disco. Brillaba el color verde. Podía seguir adelante. Siguió, lentamente, sin saber que iba por una vía muerta. Larry estaba en las agujas, protegido por la oscuridad y la niebla, y, sigilosamente, había desviado el tren hacia la vía lateral.

El tren de mercancías se había apartado de la línea principal. Aquella noche no pasaría por la estación, sino que iría a meterse en un almacén donde varios hombres lo esperaban en silencio. Larry volvió a poner las agujas como estaban antes. Así el tren siguiente seguiría su marcha por la línea principal. Y Larry echó a correr en pos del tren que iba lentamente por la vía muerta.

–¡Ya viene! ¡Lo oigo! –susurró Peter, asiendo a Jack por el brazo–. Vamos a aquel cobertizo. Podremos verlo todo sin que nos vean. ¡Venga! ¡Vamos!

¡Chuc, chuc, chuc...! El tren de mercancías se acercaba. El disco rojo de un farol taladró la niebla. ¿Qué pasaría a continuación?

CAPÍTULO QUINCE

EN EL ALMACÉN

APARECIÓ UNA señal de niebla justamente donde la banda quería que el tren se detuviese. ¡Bang...!

La máquina paró en seco, y los vagones que iban detrás chocaron unos con otros con férreo repiqueteo. Zac, Larry y otros cuatro hombres conversaban apresuradamente junto al tren. Los chicos podían oírlos muy bien.

—Le diremos que están en la vía muerta. Nos fingiremos sorprendidos de verles aquí. Larry, tú le dices que es mejor que se quede en esta vía hasta que se aclare la niebla y reciba la orden de volver. Llevadle a aquel cobertizo y dadle té o cualquier cosa caliente. Y entretenedlo hasta que terminemos el trabajo.

Los otros asintieron.

Peter susurró a Jack:

–Van a decirle al maquinista que se ha salido de la vía principal por equivocación y se lo llevarán para que no los moleste. Y me figuro que al guarda también. No habrá pelea, menos mal.

–¡Shhh! –dijo Jack–. Mira, el conductor baja del tren. Al parecer, se siente perdido: no sabe dónde está.

–¡Eh, conductor: estás en vía muerta! –le gritó Larry, mientras corría hacia la máquina, llevando en una mano un farol que se balanceaba–. Debiste seguir por la línea principal para pasar por la estación.

–Cierto –dijo el conductor, perplejo–. Sin duda, ha habido alguna equivocación en agujas. ¿Está seguro el tren aquí, compañero?

–¡Completamente! –le animó Larry–. ¡No te preocupes! Estás en una almacén fuera de las vías principales. Pero lo mejor es que no os mováis hasta recibir órdenes. Esta niebla es terrible.

–¡Menos mal que he ido a parar a una vía lateral! –dijo el conductor.

El guarda no sabía qué pensar. Creía que aquello era muy extraño.

–Alguien ha armado un verdadero lío con los cambios de vía –gruñó–. Ahora nos tendremos que quedar aquí toda la noche, y mi mujer me espera para cenar.

–Pero podrás estar en casa para tomar el desayuno si aclara la niebla –dijo el conductor para consolarle.

Pero el guarda no se dejó convencer: estaba muy preocupado.

–Bueno, compañeros: venid al cobertizo –dijo Larry–. Hay un hornillo. Lo encenderemos y tomaremos una taza de algo caliente. Y no os preocupéis de telefonear pidiendo órdenes: yo me encargaré de eso.

–¿Y quién eres tú? –le preguntó el afligido guarda.

–Pues soy el encargado de este almacén –mintió

EN EL ALMACÉN

Larry–. No os preocupéis, amigos. Es una suerte que os hayáis desviado por esta vía muerta. Apuesto a que la orden que recibiréis será que paséis aquí la noche. Tendré que encontrar en alguna parte una litera para vosotros.

Todos entraron en el cobertizo. Pronto apareció un resplandor en la ventana. Peter se atrevió a echar una ojeada y vio a los cuatro hombres alrededor de un hornillo sobre el que había un recipiente para hervir el agua del té.

Entonces los acontecimientos se sucedieron velozmente. Zac desapareció a lo largo de la vía muerta en busca del vagón cubierto con la lona de las señales blancas. Cuando volvió, informó a los demás que era el séptimo vagón.

–Pondremos el camión en marcha y lo llevaremos junto al vagón –dijo–. Afortunadamente, el vagón está en la entrada del almacén, de modo que no habrá que ir cargados mucho trecho con el material. Es una buena cosa, porque es muy pesado.

El camión se puso en marcha y atravesó cautelosamente la estación hasta el final. Allí se detuvo, sin duda junto al séptimo vagón. Los cuatro chicos se acercaron furtivamente a través de la niebla y durante uno o dos minutos observaron lo que ocurría allí.

Los hombres estaban levantando la lona a la luz de un farol de ferrocarril. La quitaron rápidamente. Jack pudo ver la pintura blanca con que estaba marcada una de sus esquinas.

Después empezaron a dar tirones con todas sus fuerzas. Los hombres jadeaban al sacar las mercancías del vagón. ¿Qué era lo que descargaban? Los chicos no lo podían ver.

—Planchas de cobre, creo yo —susurró Colin—. Peter, ¿cuándo vamos a telefonear a la policía? ¿No crees que sería mejor que lo hiciéramos ahora mismo?

—Sí —contestó Peter—. Vamos. Hay un teléfono en aquella caseta de ladrillo. Esta tarde me fijé en los cables del teléfono, pues llegan hasta la chimenea.

EN EL ALMACÉN

Una de las ventanas está entreabierta. Entraremos por ella. ¿Dónde está *Scamper*? ¡Ah!, ¿estás aquí? Bueno, amigo, nada de hacer ruido, ¿estamos?

Scamper se estaba portando a las mil maravillas. Ni un ladrido ni el más leve aullido habían salido de su boca, a pesar de su extrañeza ante los acontecimientos de aquel anochecer. Trotaba detrás de los talones de Peter cuando los cuatro chicos se fueron al teléfono.

Para llegar a la caseta tenían que pasar junto al camión. Cerca de él, Peter se detuvo y aguzó el oído. No había nadie en el camión. Los hombres seguían descargando el vagón. Ante el asombro de sus tres compañeros, Peter saltó al asiento del conductor y bajó de nuevo.

—Pero ¿qué haces? —susurró Jack.

—He cogido la llave de contacto —repuso, emocionado, Peter—. ¡Así no podrán poner en marcha el camión!

—¡Oh! —exclamaron sus tres amigos, admirando

su rapidez y su agudeza–. ¡Eres de lo más listo, Peter!

Se fueron a la caseta de ladrillo. La puerta estaba cerrada, pero, como había dicho Peter, había una ventana entreabierta. Fue fácil entrar por ella. Peter saltó al interior y paseó rápidamente por la pieza la luz de la linterna en busca del teléfono. ¡Sí, allí estaba! ¡Estupendo!

Apagó la linterna y descolgó el auricular. Oyó la voz de la operadora.

–¿Número, por favor?

–¡Con la comisaría de policía, pronto! –dijo Peter.

Dos segundos después se oía una nueva voz.

–Aquí la comisaría de Policía.

–¿Puedo hablar con el inspector, por favor? –preguntó Peter en tono apremiante–. Dígale que soy Peter y que es muy urgente.

El recado fue transmitido al inspector, que casualmente estaba allí mismo.

–Sí, yo soy... ¿Qué Peter? ¡Ah, Peter!, ¿eres tú? ¿Qué pasa?

Peter se lo explicó brevemente.

–Ahora no le puedo dar todos los detalles, pero el tren de mercancías de las seis y dos ha sido desviado de la línea principal al ramal que está cerca de Kepley, el que pasa por el almacén. Y hay una banda de hombres descargando cobre de uno de los vagones y trasladándolo a un camión. Creo que un hombre llamado Charly el Chulo está al mando de todo.

–¡Charly el Chulo! Charly... ¿Cómo sabes el nombre de ese individuo? –gritó el inspector, lleno de asombro–. Está bien; no pierdas tiempo contándomelo ahora. Mandaré un destacamento en seguida. Vigiladles y tened cuidado. Esa banda es peligrosa. ¡Charly el Chulo! ¡Es increíble! Pero ¿cómo...?

CAPÍTULO DIECISÉIS

¡BRAVO POR LOS SIETE SECRETOS!

LES PARECIÓ que pasaba un siglo mientras esperaban a los coches de la policía. Los cuatro chicos se habían puesto tan nerviosos, que no podían estar quietos. Peter pensó que debía ir a echar un vistazo a la banda.

Salió sigilosamente y se fue hacia el camión. La oscuridad y el silencio eran absolutos. Siguió adelante y de pronto tropezó con alguien que estaba de pie junto al camión.

Este alguien lanzó una exclamación y lo atenazó con sus manos.

–¡Eh! ¿Quién eres? ¿Qué haces aquí?

Después le deslumbró una luz y la voz de Zac le dijo:

–¡Ah! Eres el chico que hacía preguntas el otro día... ¿Qué te propones?

Y le sacudió con tal fuerza que Peter estuvo a punto de caer. En este momento, *Scamper* llegó como un rayo.

–¡Grrrrrrr!

Se lanzó sobre Zac y le clavó los dientes en la pierna. Zac profirió un grito.

Otros dos de los hombres se acercaron corriendo.

–¿Qué pasa? ¿Qué pasa?

–¡Un chico y un perro! –gruñó Zac–. ¡Debemos darnos prisa! ¿Habéis terminado la descarga? Ese chico puede dar la voz de alarma.

–Pero ¿dónde está? ¿Por qué no lo cogiste? –dijo uno de los hombres, furioso.

–Lo tenía sujeto, pero el perro me mordió y tuve que soltarle –dijo Zac, frotándose la pierna–. Los dos han desaparecido en la niebla. ¡Vamos, daos prisa!

Peter había vuelto a toda velocidad al lado de

sus compañeros, diciéndose, alarmado, que por poco lo hacen prisionero. Se agachó para acariciar a *Scamper*.

–¡Eres un buen chico! –le dijo en voz baja–. ¡Buen perro! ¡Bien hecho, *Scamper*!

Scamper movió la cola, satisfecho. No comprendía en absoluto por qué le había llevado Peter a aquel sitio tan extraño con una niebla tan cerrada, pero se sentía feliz de estar allí con él.

–¿Cuándo llegará ese coche de la policía? –susurró Colin, temblando de emoción y de frío.

–Ya no tardará –murmuró Peter–. ¡Ah, aquí viene! ¡Mira, vienen dos!

Se oía claramente el ruido de los dos coches que subían por la carretera, camino del almacén de la estación. Iban despacio a causa de la niebla. Hubieran llegado mucho antes si la tarde hubiese estado despejada.

Llegaron y se detuvieron. Peter corrió hacia el primero. Lo conducía el inspector, y había cuatro policías dentro. El segundo coche llegó en seguida, y de él saltaron al exterior, en un instante, varios policías vestidos de paisano.

–¡Han llegado justo a tiempo! –dijo Peter–. El camión está allí. Lo acaban de cargar. Los atrapará con las manos en la masa.

Los policías corrieron hacia la forma oscura que se distinguía en la niebla y que no era sino el enorme camión. Zac, Larry, Charly el Chulo y los demás hombres estaban ya dentro, con la carga de cobre; pero Zac no encontraba la llave de contacto.

–¡Ponlo en marcha de prisa, estúpido! –dijo Charly el Chulo–. La policía está aquí. ¡Lanza el camión contra ellos si intentan detenernos!

–La llave no está. Debe de haberse caído –se lamentó Zac, y alumbró con la linterna el suelo, debajo del volante. Pero no podía adelantar nada mirando allí, porque la llave estaba bien guardada en el bolsillo de Peter.

La policía rodeó el camión parado.

—El juego ha terminado, Charly —dijo la voz severa del inspector—. ¿Te entregas o qué? ¡Te hemos cogido con las manos en la masa!

—¡No nos hubierais cogido si hubiésemos podido poner en marcha el camión! —gritó Zac, furioso—. ¿Quién ha cogido la llave? Eso es lo que yo quisiera saber. ¿Quién la tiene?

—Yo —gritó Peter—. La cogí para que no pudieran escapar en el camión.

—¡Bravo! ¡Eres un chico listo! —dijo, admirado, un policía que estaba cerca. Y dio al encantado Peter una palmada en la espalda.

De pronto la niebla empezó a dispersarse y la escena pudo verse mejor a la luz de tantas linternas y faroles. El conductor y el guarda salieron del almacén, sorprendidísimos, preguntándose qué habría pasado. Zac los había dejado tomando té y jugando a las cartas tranquilamente.

La banda no dio que hacer. No valía la pena intentar nada teniendo tantos hombres fuertes alrededor.

Los esposaron y los encerraron en los coches, los cuales partieron a una velocidad superior a la de su llegada, gracias a que la niebla se había disuelto.

—Yo volveré con vosotros —dijo con voz alegre el inspector—. Ahora no hay sitio para mí en los coches. ¡No quiero que me espachurren!

Dijo al conductor del tren que diera cuenta a sus superiores por teléfono de lo que había sucedido, y le dejó, así como al guarda, que estaba tan asombrado como él.

Después, él y los cuatro chicos se encaminaron a casa de Peter. ¡Qué sorprendida quedó la madre de Peter cuando abrió la puerta y se encontró ante los cuatro niños y el corpulento inspector!

—¡Caramba! —exclamó—. ¿Y ahora qué ha pasado? Acaba de venir un policía a quejarse de que el otro día Peter atravesó los raíles del tren con sus amigos. ¡No me diga ahora que ha hecho algo peor!

—Pues... verá —dijo el inspector con una amplia sonrisa—. Hoy ha vuelto a cruzar las vías. Pero ha hecho muy bien en cruzarlas. Déjeme entrar y se lo contaré todo.

Y así, en presencia de la entusiasmada Janet, refirió la aventura de aquella tarde.

–Ya ve usted –terminó el inspector–. Por fin hemos echado el guante a Charly el Chulo. Es el jefe de la banda que desvalija los vagones de mercancías por toda la región. ¡Un hombre listo, pero no tan listo como los Siete Secretos!

Al fin se fue el inspector, sonriente y lleno de admiración una vez más por los Siete Secretos. Peter se volvió a sus amigos.

–Mañana –dijo solemnemente y con cara radiante– convocaremos una reunión de los Siete Secretos e invitaremos a los Célebres Cinco.

–¿Para qué? –preguntó Janet, sorprendida.

–Solo para que vean cómo hacemos las cosas los Siete Secretos –dijo Peter–. ¡Y para agradecerles que nos hayan dado la oportunidad de meternos en esta emocionante aventura!

¡BRAVO POR LOS SIETE SECRETOS!

–¡A Susie esto no le gustará! –dijo Jack.

–Desde luego que no –dijo Janet–. ¡Los Célebres Cinco! ¡Este será su final!

–¡Vivan los Siete Secretos! –gritó Jack–. ¡Hurra por nosotros...! ¡¡Hip, hip, hurra!!

¿QUÉ RECUERDAS DE ESTA AVENTURA DE LOS SIETE SECRETOS?

Aquí tienes algunas preguntas para poner a prueba tu memoria. Encontrarás las respuestas al final de la página siguiente, pero al revés. ¡No vale hacer trampa!

1. ¿Qué bebida hacen los Siete Secretos para celebrar su última reunión antes de volver al colegio?

2. ¿Cómo se llama el perro de Pamela?

3. ¿Cómo se llama el club creado por Susie?

4. ¿Dónde dice Susie que se reúnen los maleantes?

5. ¿Qué tarea está haciendo Peter cuando van a buscarlo Jack y Jorge?

6. ¿Con qué confunden Jack y Jorge el ruido que hacen los hombres intercambiando señales?

7. ¿Dónde se esconden Jack y Jorge para que no les descubran los hombres?

8. ¿Quién ha escrito la nota que recibe uno de los Siete y a quién va dirigida?

9. ¿Qué fabrican Dalling y Hammond?

10. ¿Con qué juegan los Siete el sábado por la mañana mientras llueve?

11. ¿Por qué reprende un policía a los Siete?

12. ¿Cómo se asegura Peter de que el camión con la mercancía robada no se irá?

1. Limonada. 2. *Boby.* 3. Los Célebres Cinco. 4. En el granero de Trigger. 5. Partiendo leña. 6. Con una lechuza. 7. Dentro de la chimenea. 8. La ha escrito Zac para Charly. 9. Artículos de cobre. 10. Con un juego de trenes y un juego de granja. 11. Por cruzar las vías. 12. Se lleva la llave de contacto.